Margaret Stocker

Chemins de traverse à Yaoundé

Une enquête de l'inspecteur John Kindany

Un homme riche est celui qui a beaucoup d'amis.
Proverbe moundang du Tchad.

Chapitre 1

La lune brillait avec passion et mystère en cette belle nuit de saison des pluies, illuminant la ville de Yaoundé de sa large couronne. A quatre heures du matin, il aurait dû faire nuit noire. Seuls le blanc des yeux et les dents des noctambules rivalisaient d'ordinaire avec la clarté des étoiles. Mais ce soir-là, chacun pouvait voir comme en plein jour, sans aucun recours à quelques lunettes infrarouges sophistiquées, l'univers suffisait pour éclairer les visions, de toutes sortes. Garée à l'angle de la rue, se tenant debout au milieu d'une petite foule inhabituelle, pour vaincre sa nausée, la jeune policière regarda le ciel :

- L'astre nous montre son visage apaisant de femme berçant son enfant. Sois confiante ma fille et prends ton courage à deux mains.

Méticuleuse, elle défit un mouchoir soigneusement plié dans la poche avant de sa tenue et le plaça sous les narines de son joli nez courbé. Quelques curieux oiseaux de nuit s'étaient regroupés. Ils l'avaient hélée lors de sa ronde nocturne, sur sa moto, une 125 Yamaha. Néanmoins, personne n'avait osé toucher *l'objet non identifié.*

Isabelle Bilabi, brave et courageuse béti appela son supérieur hiérarchique.

-Chef, on a retrouvé un cadavre. Localisation : ruelle adjacente dans le Quartier du Lac, tout près de la mission des Pères Dominicains. Sud-ouest du Centre Ville. Vite ! S'il- vous-plaît, l'odeur est insoutenable.

La mine déconfite, la brave brigadière regarda ce spectacle de désolation : des entrailles à l'air, à n'en plus finir, dégoulinant sur le sol rouge. Cafards et autres vermines se partageaient déjà le festin des restes du malheureux. Dans l'attente, Isabelle se prit à choper le blues, comme elle disait.

- Zamba[1] ! Ces trucs-là ne vont jamais s'arrêter ! Pauv' type.

Enfin, le brigadier chef arriva accompagné du célèbre Inspecteur John Kindany.

-Ah Isabelle, chère amie, heureux de vous voir en cette belle nuit de pleine lune. Que se passe-t-il donc ? déclara avec sympathie l'Inspecteur Kindany en lui serrant la main, tandis que le chef demandait d'un ton autoritaire aux passants de s'éloigner de la scène.

-Circulez, il n'y a rien à voir ! Vous aimez cela les morts, misérables !!! Hurla-t-il avec dédain. Oust ! dégagez !

Isabelle ne tint pas compte de la présence de son chef, elle semblait même ignorer totalement qu'elle l'avait joint avec son mobile MTN. En effet, bien que claire de peau, brune, à la simple vue de l'inspecteur, sa peau devint violette.

---

[1] *Zamba* est le nom du Dieu créateur chez les Béti du Cameroun, du Gabon, ainsi que du Congo.

Il était de loin l'homme le plus attrayant qu'elle connaissait. Un peu honteuse de se poser cette question en de telles circonstances, plutôt timide de nature, elle se demandait souvent comment un tel homme pouvait *rester sans femme*.

- M'sieur l'inspecteur, quel honneur. Regardez ce que nous avons trouvé !

John Kindany se pencha sur la *chose*, se releva, et déchanta très rapidement.

-Ciel ! Vous n'aviez pas donné de détails, je comprends pourquoi. Quelle horreur ! Ils ne l'ont pas raté ! Il est tout gâté, comme on dit chez moi, à Doué ! On est où là, encore !

C'était là son expression favorite. John et le brigadier chef se regardèrent, consternés.

- Bon. Commençons le travail.

Levant les yeux au ciel, soufflant et secouant un peu la tête, il sortit un petit carnet à spirale qui le faisait ressembler à un ethnologue de la vieille époque, plus qu'à un flic. Se léchant le doigt pour tourner la page, le 3 avril 2012, il nota :

-Sexe : masculin. Taille, environ, 1 mètre 75, âge, entre 40 et 50 ans, étant donné le grain de la peau. Habits : une sandale verte en caoutchouc et un jean bleu, une ceinture blanche, pas de chemise ou tee-shirt. Organes enlevés : cœur, foie et tête. Lieu du crime : ruelle, centre-ville, à trois mètres sur la chaussée, derrière les poubelles du cabaret de Jeanne *Aux trois amis*. Zone : les bords du Lac. Deux hypothèses : règlement après beuverie ou... crime rituel. La dernière option me semble déjà être la meilleure piste. Chic, ça va être facile cette histoire ! Ma chère Isabelle, parfois, je suis las de ces traditions qui n'en finissent pas ! Encore un psychopathe qui veut commercer avec les esprits.

Isabelle se tut, hélas, ce monde-là, elle préférait l'ignorer en se rendant tous les dimanches à la messe chez les catholiques, sur la colline verdoyante, humide et magnifique de Mvolyé.

Chapitre 2

Bâton bâton ! Sept heures, les rues de Yaoundé recommençaient à revivre. Petits commerçants de bâton de manioc enroulés dans des feuilles de bananier proposaient aux passants de se ravitailler. John Kindany acheta une baguette qu'il déroula, offrant à Isabelle des morceaux de gélatine grise, tandis que le commissaire et ses brigadiers appelaient une ambulance. La compagnie suivit le véhicule jusqu'à la morgue pour une autopsie, laissant le corps au médecin légiste Dr Edmond Atangana, réveillé pour la circonstance.

- En ce qui me concerne, pendant que vous effectuez votre dissection, pour moi, la priorité est d'aller parler à certains habitants du quartier. Ne perdons aucun temps, déclara Kindany, quittant ses collègues.

L'inspecteur revint dans les ruelles des Bords du Lac. La scène du crime était redevenue un endroit comme les autres. Il commença à regarder les alentours : la mission des prêtres catholiques, des commerces, des dépanneurs en tout genre, téléphones portables, produits de première nécessité et le cabaret *Aux trois amis*, tenu par l'imposante Jeanne, une femme qu'il appréciait pour sa générosité et son sens de l'hospitalité. Mère de huit enfants, veuve, elle se battait seule avec ses jeunes frères pour faire tourner le commerce. Kindany invitait régulièrement des amis à boire un verre dans ce lieu modeste, mais convivial. Au moment où il souleva la palissade en secco tressé qui faisait office d'entrée, il entendit la voix rauque de cette fumeuse invétérée.

- Entrez Inspecteur ! Une Castel ? demanda-t-elle non sans ironie.

– Déjà debout. Je suppose que vous êtes à la tâche depuis cinq heures, comme nos poules. Non merci, très chère Jeanne, je ne bois pas d'alcool, comme vous le savez pertinemment. Et sûrement pas de bon matin !

– Ah oui, c'est vrai. Bon, une Maltina, comme d'habitude, votre qualité préférée. Je vous amène aussi un peu de taro à la sauce jaune, bien pimenté. Ou bien préférez vous du poisson braisé, de la truite fumée ou du bar mariné ? J'étais en train de préparer.

– De la truite fumée, avec grand plaisir.

Jeanne rentra dans l'arrière-cour pour aller chercher les victuailles et la bouteille de boisson maltée dans un réfrigérateur qui souffrait de coupures d'électricité récurrentes. Un petit générateur était là pour palier à ce manque, en vain. Elle revint en apportant un plateau de belles truites à l'odeur parfumée du feu des braises. La boisson était loin d'être très fraîche. Les sourcils froncés, elle dit :

- Dites-moi Inspecteur, une question m'a toujours taraudée. Certes, vous ne buvez pas. Mais à Léré, la *yimi*, votre bière de mil ?

– Et bien ! Je vois que vous connaissez un peu les Moundang. Il se trouve que je ne bois que lors des cérémonies, les rites agraires, les naissances, mariages et funérailles. Et autres rites dont je ne vous parlerai pas.

– Alors, vous buvez !

10

– Oui, mais seulement pour respecter les miens. Ici, non. Well, la Maltina est chaude... Mais bien bonne, merci ! Alors, chère Jeanne, que s'est-il passé cette nuit ?

Jeanne fit la moue et répondit, non sans gêne.

-En réalité, inspecteur, je ne sais pas grand-chose.

– Un meurtre a lieu juste derrière vos poubelles, dans la ruelle, et vous ne savez *pas grand-chose* ? S'il vous plaît ne vous moquez pas de mon intelligence, ni de ma patience.

Jeanne claqua de la langue.

-J'ai dit pas *grand-chose*...

– Voilà qui est mieux. Alors ?

– Bon, en début de soirée, trois hommes sont venus boire des bières. J'avais pas trop de monde et je les ai pas regardés pendant tout le temps du service. Mais manifestement, ils étaient déjà assez ivres, bien avant leur arrivée. Je ne les connais pas de vue, ils semblaient venir d'ailleurs. Je sais juste qu'ce sont des Bamiléké, pas des Béti. J'ai pu reconnaître la langue.

– Pourquoi parlez-vous d'eux ?

– Parce qu'ils étaient virulents dans leurs gestes et à la fin, l'un d'eux s'est levé en insultant les deux autres en Anglais. Ils étaient bilingues.

– Pour des Bamiléké, rien que de très normal. Qu'a-t-il dit ?

– Un truc bizarre, je ne me souviens plus exactement des mots, mais j'ai mes notions d'Anglais, pour le business. C'était quelque chose de ce genre : *The boss will be aware, you're just two bastards ! I can't do that, you are going too far. I give up ! Take the money back !* Puis, après cette diatribe, il a lancé une poignée de Dollars, je ne sais pas combien exactement, mais la liasse était touffue. Sur la table, au milieu des bouteilles vides. Et il est parti, tout le monde a attendu, tellement il semblait enragé. Ils parlaient d'argent.

– Well, très original. Que s'est-il ensuite passé ?

– Les deux autres sont restés et semblaient cette fois franchement inquiets. Ils parlaient bas et regardaient autour d'eux. Sur le coup, ils m'ont fait peur. J'ai été soulagée quand ils sont partis.

– A quelle heure ?

– Voyons, Guy était encore là, Honoré aussi, il m'aide jusqu'à la fermeture. En fait, ils sont partis un peu avant la fermeture, vers une heure du matin. Je clos à deux heures.

– Comment ? En taxi ?

– Non, ils avaient une voiture, une Mercedes blanche.

– Intéressant. Vous rappelez-vous du numéro de la plaque ?

– Non, je n'ai pas regardé, j'étais contente qu'ils partent, ils faisaient peur.

– Peur ?

– Oui.

– A quoi pensez-vous ? Comment étaient-ils habillés ? Jeanne réfléchit un moment et songea à l'apparence de cette clientèle particulière.

- A dire vrai, ils m'ont fait penser à des hommes d'affaires. Costume, pantalon noir, belles chaussures en cuir. Des montres et bracelets en or.

– Chère amie, allez au but, à quel style d'homme pensez-vous ?

– Comment dire, au début, avant de me rendre compte qu'ils parlaient bamiléké, j'ai pensé à des Nigérians, à des Feymen. Des gars de Lagos qui auraient voyagé.

– Tous les Nigérians ne sont pas dangereux !, rétorqua Kindany.

12

– C'est vous qui le dites ! Mais je m'étais trompée, c'était des gens de Douala, je crois. Il y avait comme un, comment expliquer, oui, une sorte de paradoxe, car ils n'étaient pas prêtres et ils portaient une grande cr…

Jeanne se mit à trembler et regarda autour d'elle. Le bar était vide. Elle allait reprendre son récit quand un sifflet aigu transperça la salle où ils s'étaient tous les deux *attablés*. John Kindany ne put faire un geste avant de se rendre compte de ce qui s'était passé. Jeanne qui s'était assise à côté de lui, gisait dans son sang, le corps tombé en avant, une balle dans la poitrine. Kindany se leva, regarda et découvrit la fenêtre entrouverte. Un bruit de moto. Il sortit et vit s'éloigner au loin un homme, se glissant dans la foule des automobilistes. Il regarda sa voiture. Impossible de le rattraper avec cela. Il arrêta net un taxi moto, l'enfourcha et sommât le gars de suivre la moto que le précédait d'une bonne centaine de mètre.

-Foncez mon vieux !

Les ruelles de Bastos étaient tortueuses, mais la ténacité de Kindany davantage. A un carrefour, coincé par le trafic, l'homme bifurqua dans une ruelle adjacente. John Kindany le suivit et sauta de la moto. La voie était déserte, un chat sortit d'une maison et pourtant, les portes étaient toutes fermées. Une impasse. La moto était là, posée à terre et l'homme était certainement passé par dessus le mur. Kindany grimpa et le vit s'éloigner à pied, en courant. Il enjamba le mur et continua à le poursuivre, courant à perdre haleine, en pensant fermement à l'atrocité qu'il avait vue.

-Je vais te rattraper, espèce de monstre !

Un enjoliveur de roue se mit lui barrer la route. Un gamin jouant avec un bâton. Il trébucha, se releva, ne perdant pas de vue sa cible. La distance qui séparait les deux hommes s'amoindrissait. Kindany se posta et hurla :

- Arrêtez ou j'tire !!! »

Son magnum pointé sur le dos de l'homme, il commença à viser et, se remit à courir. Il détestait tuer et il lui fallait cet homme vivant. Il prit son élan, ayant repris son souffle et le rattrapa. Parvenu à un carrefour, devant un commerce, l'homme regarda de tous côtés, son casque sur la tête.

- Arrêtez cet homme, au nom de la loi ! Stoppez-le. » Un bras charnu de commerçant capta l'épaule du gars qui le frappa en retour, lui offrant l'occasion d'effectuer un beau plongeon de trois mètres. L'inspecteur se demanda quelle était cette force. Le geste avait freiné le tueur. Kindany le prit par les jambes et le fit tomber à terre. Le goudron brisa le casque, l'homme se débattit et l'inspecteur tenta de le retourner pour le maintenir. Il le colla, dos au sol. La visière cachait toujours son visage. Subitement, l'inconnu se plia en deux et lança un magnifique coup de tête sur le menton du policier. Sonné, Kindany roula vers le bas côté, un égout à ciel ouvert. L'homme se releva, l'observa une minute. Kindany, semblant inerte, la main au menton, lui attrapa le mollet, le coinçant dans une prise de judoka et l'homme trébucha de plus belle. De nouveau à terre, l'inspecteur le maintint et demanda du renfort. Le commerçant, manifestement très énervé, revint et s'assit sur les jambes de l'inconnu. Kindany, quant-à-lui, à califourchon sur le buste reprit son souffle et déclara avec colère :

- Nous y voilà, espèce de salopard ! Montre ton visage, lâche ! Il souleva la visière et poussa un cri de stupéfaction :

- Masin comé[2] !!! Un Blanc !

---

[2] *Chez les Moundang, Masin comé ou "Divinité du soleil" désigne un "esprit-*

maladie", une instance sensée apporter la jaunisse, une maladie très redoutée car souvent cause de mortalité pour les enfants.

Chapitre 3

Au poste de police d'Ekolo, l'Inspecteur Kindany observait scrupuleusement, savourant quelques minutes de silence reposantes, celui qu'il avait poursuivi durant une bonne vingtaine de minutes. Une cicatrice sur la joue droite, une peau sillonnée par des années sous le soleil tropical, moite, poreuse, un peu grise. Des auréoles autour d'un regard franc et dur, revenu de tout. Un gars que plus rien ne semblait effrayer. Malgré ses blessures, il se tenait droit sur la banquette en bois et jaugeait son entourage avec dédain. Kindany en avait connu des histoires, mais un Blanc, après un meurtre qui semble a priori relever du crime rituel, c'était la première fois. Les deux faits étaient peut-être séparés. Jeanne avait été assassinée au moment même où elle disait... Elle prononçait quoi, au fait ? Il allait lui demander.

-D'où êtes-vous ?

– Ich spreche nicht Französish.

– Ah, Monsieur est allemand et parvient à se débrouiller chez nous, au Cameroun. Vous savez tout de même que depuis longtemps, on ne cause plus cette langue-là ici. Mais comme je suis très bon, je vais vous aider.

Puis, Kindany se mit à l'interroger dans la langue de Goethe :

-So, woraus kommen Sie, sind Sie Deutsch ?

– It's my business.

Fidèle à son flegme, John Kindany, loin d'être fatigué par la course poursuite sportive qu'il venait d'effectuer, resta stoïque. Ce qui fut loin le cas de ses collègues du commissariat de la brigade.

-Tu vas vite changer d'avis, monsieur le polyglotte ! lança le commissaire. Des mecs comme toi, on les envoie directement en prison, sans procès. Jeanne était une femme formidable et tu vas payer, crois-moi. Et chez nous…

– Chez vous ?

– Ah, mais Monsieur cause Français maintenant, il était amnésique !

– Chez vous ? lança le prisonnier non sans quelque provocation.

– Chez nous, en taule, tu f'ras pas long feu, crois-moi. Tes camarades de chambre auront vite fait de faire passer le goût d'abattre les femmes.

– Cela m'étonnerait, lâcha le détenu, placide.

– Kindany, retenez-moi, ma matraque me chatouille subitement les phalanges.

– Commissaire, laissez-moi faire, demanda avec toute sa douceur naturelle l'inspecteur Kindany. Maintenant que la partie subconsciente de votre cerveau cognitif révèle votre capacité à dialoguer dans la langue que les Français ont imposée à notre contrée, avec les Anglais, après la défaite des Allemands en 1918, vous allez peut-être nous dire ce que cette amie que je viens de perdre vous a fait ?

– Bertoua, lâcha subitement l'Américain.

– Bertoua ?

– La forêt.

Kindany se gratta la tête. Que venait faire Bertoua, une ville au sud-est de Yaoundé dans cette affaire ?

-Quelle forêt ?

– Le bois.

– Well, well, well, vous êtes l'homme le plus prolixe de la semaine, je suis heureux de dialoguer avec vous, on avance vite, dites-moi ! Je pense que vous devriez passer à la vitesse supérieure avant que mon calme olympien ne descende vers le labyrinthe du Minotaure.

– Mais c'est qu'il est cultivé le négro ! La Grèce Antique… Je rêve !

– Pardon ?

– Laisse, fit le commissaire. Son poing droit serré décocha deux coups successifs dans les mâchoires du tueur.

- Et bien non, tous les « négros » ne sont pas cultivés. Comme vous le voyez, moi, je suis une brute épaisse comme vous, je donne des coups et je hais votre mépris. En revanche, vous, vous semblez êtes sujet au masochisme. Répondez avant que je continue avec le reste de votre carcasse répugnante. Le Minotaure, c'est moi et vous n'avez rien d'un Thésée.

– Chers amis, calmons-nous et retrouvons le fil d'Ariane avant qu'il ne soit trop tard. Kindany s'impatientait.

– Alors la forêt ?

Il n'eut le temps de continuer son interrogatoire. Un adjudant débarqua et s'exclama :

-Chef ! On a retrouvé un autre cadavre, à Nlonglak, cette   fois   !

Chapitre 4

Seize heures, l'appel à la prière de la Grande Mosquée de la ville se fit entendre. Les musulmans se tournèrent vers la Mecque et se mirent à genou. Au milieu de leur rituel, la sonnerie de téléphone d'un passant retentit. Kindany n'eut le temps de se rendre à son poste au commissariat central.

-Inspecteur ?

– Oui, c'est lui présentement.

– C'est le brigadier Isaac Guéri.

– Mon vieil ami du Nord, mon cousin mousgoum, que vous arrive-t-il ?

Ce géant, au visage plus doux qu'une biche, n'avait pas l'allure d'un homme d'armée. Mais au Cameroun, une grande partie de cette population de grande taille, issue des Sao du Lac Tchad, avait trouvé sa place dans le domaine de la Défense, leur physique et leur violence réputée les dirigeant directement vers cette fonction. Mais Isaac, plus croyant que militaire, portait bien son prénom. C'était un homme dont la sensibilité se manifestait très souvent et il était devenu, à la suite de nombreuses affaires, l'ami intime de Kindany qu'il révérait comme un grand-frère ou un père.

-Patron. C'est épouvantable. Nous avons trouvé une femme.

– Précisez.

– Je n'ai plus beaucoup de crédit, il faudrait que vous

veniez vite à la Grande Mosquée de Yaoundé.

Lorsque Kindany arriva sur place, les fidèles avaient déjà terminé leur prière. L'Inspecteur longea les magasins et échoppes des commerçants et se fraya un chemin vers l'entrée. Puis il rappela Isaac.

-Où êtes-vous précisément ?

– Derrière la mosquée, sur la gauche, au nord-ouest de celle-ci.

– Ok, il faut que je fasse demi-tour, j'arrive d'ici deux minutes.

Il reprit sa moto et évita deux poules et une chèvre qui traversaient la route, le plus tranquillement du monde.

Isaac se tenait là, avec son uniforme de militaire, ses blasons. Il avait été envoyé à la guerre du Biafra au Nigeria voisin dans les années 1967 et ne s'en était jamais vraiment remis. Kindany y songea rapidement avant de revenir au moment précis et de découvrir ce qu'il craignait.

-J'ai vomis, chef.

– Vous n'avez pas à vous excuser, je connais votre sensibilité…

– Pour moi, aucun souci ! C'est net, clair et précis, c'est du rite igbo qui vient faire ses sacrifices humains répugnants.

– Mais calmez-vous mon ami avant de tirer des conclusions. Pensons posément.

Kindany se força une nouvelle fois à observer le corps. C'était toujours ainsi, une fois la découverte faite, la vision s'inscrivait dans le subconscient, comme une image d'épouvante. Ensuite, elle ne devenait qu'une photographie qu'on regardait de nouveau, ayant laissé une émotion qui s'estompait à mesure que les *relectures* s'effectuaient. Le corps se déshumanisait, il ne devenait plus qu'une enveloppe charnelle, sans esprit et sans âme. Pour Kindany, la vue, même dure, était réconfortée par cette solide conviction que le voyage avait été fait dans l'au-delà et que ce corps n'était plus que le souvenir visible d'un esprit désormais en paix. La seule préoccupation, qui parfois le hantait, était la suivante : l'âme avait-elle pu franchir le *zah jolle* ? « La porte de l'enclos vers le paradis » synonyme pour lui et les siens d'« ombre fraîche » ? Oui, Kindany était habité par les croyances de son peuple, les Moundang et cela le rendait solide face à ces horreurs et face à *ma wuli*, la Mort.

-Bon, et bien, même schéma, sauf que là, c'est une femme. Elle n'est apparemment pas perdue pour tout le monde... Les vers ont déjà investi le terrain. Son cou est devenu un véritable tunnel pour asticots, lâcha-t-il en feignant la légèreté.

Il sortit une petite loupe de sa boîte à outils située dans la poche intérieure de son imperméable. Si Kindany pouvait se vanter de qualités nombreuses, la méticulosité se disputerait la première place avec la ténacité et la persévérance. La pluie se mit à tomber. Il regarda scrupuleusement les contours du corps. Sectionnés à la machette, comme les deux autres cadavres. Le thorax était ouvert, de bas en haut, avec le nœud de boyaux et autres viscères décomposés, sans le foie et le cœur. La tête et les deux organes étaient donc partis.

-Ce sont les Igbo, chef ! Aucun doute ! C'est exactement ainsi que font les Nigérians, croyez-moi, je les connais. Lors de la guerre du Biafra...

– Epargnez-moi vos commentaires un peu trop rapides, Isaac. Je suis conscient que vous soyez choqué, mais il faut y aller doucement. Les Igbo, ils mettent du bois à l'intérieur de l'estomac de leurs victimes sacrificielles ?

– De quoi parlez-vous ?

– Je   vous   parle   de   cela.

Kindany avait extrait des écorces de racines mêlées au sang et aux glaires intestinales, nichées dans l'estomac à moitié ouvert de la pauvre morte.

-Qu'est-ce que c'est que cela ? Cette femme était une vache ou quoi ?

– Ne faites pas l'imbécile, Isaac…

Isaac était un savoureux mélange de finesse et de naïveté grossière qui déroutait sans cesse son ami.

-S'il-vous-plait, si vous pouviez un peu mobiliser votre cervelle, puisque vous, on vous l'a laissée.

Isaac se rétracta et marmonna des mots sans fondement, tandis qu'il frottait son blason. Kindany continua :

-Parfois, j'ai l'impression que là-bas, vous avez laissé non pas votre âme, vous n'êtes pas devenu violent, mais votre esprit de discernement.

– Chef, n'y allez pas trop fort, je sais très bien qu'on se moque de mon esprit naïf. Je parle et après, je pense… C'est ma nature.

– Alors, les Igbo… Ils font cela ?

– Non, mais ailleurs, au Nigéria, peut-être bien, ces fous sont capables de touuuut !

Et Isaac ouvrit de gros yeux épouvantés, là, au beau milieu de la chaussée.

-Bon, nous n'allons pas rester les bras croisés, cette femme doit être aussi ramenée à la morgue. Trois cadavres identiques en à peine vingt-quatre heures, je n'ai jamais vu cela. Il faut savoir l'heure à laquelle elle est passée de vie à trépas.

– Comment cela ?

– Parce qu'Isaac, nous avons retrouvé deux hommes dans le même état qu'elle, expliqua Kindany, pensant au signalement du second corps sans vie qu'il avait reçu, peu de temps avant.

— Où ?

— Le premier, près du Lac tout près d'une mission catholique, les Dominicains. Dans une ruelle à côté du cabaret de Jeanne.

— Ah ma bonne Jeanne, comment va-t-elle, dit Isaac en souriant à l'évocation de cette amie rassurante.

— Well, Isaac, je ne sais que vous dire... Je suis au regret...

Kindany détestait cela, devoir décevoir et attrister un ami cher.

- Je suis au regret de vous dire que Jeanne nous a quittés.

— Pardon ?

— Juste après la découverte du premier cadavre, je suis allé la voir, dans son cabaret *Aux trois amis*. Elle a été abattue par un homme que je garde en prison, un Blanc qui sait beaucoup de choses, mais qui a lui aussi
« disparu », si j'ose dire...

— Et le second cadavre ?

— Entre la place de l'indépendance et l'hôtel de ville, le brigadier adjoint m'a fait un signalement. Dans un puit. J'étais en route lorsque vous m'avez appelé. Il faut aussi que j'aille là-bas, pour un état des lieux. Et là, derrière la Grande Mosquée.

— Jamais deux sans trois. Sauf que là, il y a des dommages collatéraux comme disent les Américains.

— Oui, Isaac, Jeanne et ce « Blanc ».

La plus belle place musulmane était située au sud-est est de la ville. Elle scintillait sous la pluie avec ses minarets et sa blancheur.

-Au fait, chef, de quelle ethnie sont les deux autres ?

– Ah, très cher, c'est une excellente question !!! Celle que nous avons sous les yeux est brune, assez claire, mais peut être bamiléké, bassa ou… béti. Ce sont ses bijoux qui nous renseigneront sur son identité. Etrange que les criminels n'aient pris la peine de lui enlever ses bracelets. Et l'autre le premier est très difficile à identifier, il ne porte qu'un jean. Il faudrait l'ADN et je pense que je peux me charger de retrouver cela assez facilement. L'autre, selon le rapport qui m'a été fait, est tout gonflé porte une chemise multicolore et un pantalon noir, tout ce qu'il y a de plus classique. Pas de montre, une alliance, c'est tout. Il semble appartenir à la classe moyenne, un homme qui a réussi. Le tout est de voir si ces personnes appartiennent à la même ethnie. Auquel cas, ce pourrait être un règlement de compte déguisé en sacrifice rituel.

– Chez nous les Mousgoum, si nous avons un problème avec les Kotoko, nous les tuons directement, sans maquiller de la sorte la vengeance. Maître, permettez-moi de vous dire que je suis choqué.

– Moi ce qui m'interpelle, Isaac, c'est le circuit que constituent nos découvertes… Le troisième corps se situe sur un arc en demi cercle, du sud-est vers le Nord Ouest. Etonnant, non ?

– Pourquoi ?

– Je ne sais pas, mais je sens que cela signifie quelque chose, en tout cas pour l'auteur des crimes, du moins, les auteurs, car ils devaient être plusieurs. Je vous laisse le soin de l'apporter à l'institut médico-légal et de noter tout ce que j'ai dit afin de le transmettre au médecin légiste Atangana. Courage mon grand !

Isaac appela ses collègues et ils montèrent le corps dans l'ambulance qui était déjà sur place. Direction : la morgue.

Chapitre 5

Un chemin descendait vers une cabane, au-dessous de la mosquée. Une antenne parabolique donnant la chaine télévisée gratuite, pompée sur le câble électrique. Toutes les chaînes du monde entier, CNN, BBC News, Euronews, Al Jizera, France 24 ou encore TV 5 Monde, la « France à l'étranger ». Un puit, recouvert avec une grille de taule ondulée. Et comme une grenouille morte et toute gonflée, un corps à cinq mètres sous terre. Un petit escalier pouvait mener à lui, pas besoin de faire grand chose et Kindany se prit à se dire, presque cyniquement : ce sera plus facile. Les enfants s'étaient accoudés sur les bords du puits en briques bétonnés.

-Ce n'est pas un spectacle, fichez-moi immédiatement le camp ! Où sont vos parents ?! Allez oust ! Du balai !

Kindany était horrifié à l'idée que des enfants puissent voir cela. Elevé dans la sécurité du groupe à Doué, au Tchad, il ne supportait pas que de tout petits soient livrés à eux-mêmes. Ah la ville et son cortège de désordre en en tout genre. Il devint sombre, cette histoire lui semblait bien complexe, il ignorait pourquoi une telle vague de crimes, en série, comme en Europe ou aux Etats-Unis. Ce n'était pas camerounais, c'était un plan différent, *importé*. Le cadavre fut remonté par les gendarmes, plaçant un foulard sur leur nez, craignant de tomber dans les choux cultivés dans une petite parcelle de terrain, sur le bas-côté du puit.

-Combien de temps, selon vous ?

– A vue d'œil, inspecteur, trois jours, il est déjà bien décomposé.

– Donc, le même jour que l'autre. Pas de tête, pas de cœur, et plus de foie.

– Inspecteur, ce sont les Bamiléké, ils font toujours de tels crimes, vous savez qu'ils coupent les têtes et les entassent dans leurs cases, conclut Isaac, sûr de son pronostic.

– C'est beaucoup trop gros. Les Bamiléké ne frappent pas en différents endroits, de manière si synchroniques. Il y a une logique.

Mbil, son équipier gabonais, l'avait rejoint.

- Inspecteur, ce sont de pauvres crimes de ces traditionalistes… Ce type n'a rien à voir avec l'autre meurtre, dit le jeune Mbil sur un ton ingénu.

-Mon jeune ami, il est temps que nous allions faire un peu le point au QG. Isaac, faites porter le corps là où vous savez…

La Centrale, le plus grand des postes de police, ses murs défraichis, ses fenêtres opaques aux vitres brisées, l'Etat qui ne payait pas les réparations. Il aurait fallu bricoler tous les jours, tant les pierres qui étaient projetées sur le bâtiment étaient nombreuses. A l'intérieur des locaux, sur un petit banc en bois de rônier, dans le couloir, une jeune femme, accompagnée d'un *clandestin,* un taxi-moto. Tous deux étaient là, pour une déposition. Les deux brigadiers firent un signe de tête en guise de salutations à l'inspecteur et montrèrent de la main la jeune femme, à l'air éreinté.

Kindany et le jeune Mbil prient place à ses côtés.

-J'avais laissé mon fils à ma coépouse, un bébé de quatre mois. Lorsque je suis rentrée à la maison, l'enfant avait disparu. La femme de mon mari a déclaré qu'elle ne savait pas où il était. Qu'elle préparait et que subitement, il avait été enlevé.

– Que s'est-il passé ensuite ?, demanda John Kindany.

– Notre époux est venu et il a commencé à se mettre très en colère. Moi, je tremblais de tous mes membres-là. Puis, quelques heures plus tard, ce jeune garçon est venu, avec l'enfant enrubanné. Il a annoncé que c'était ma coépouse qui l'avait vendu à des hommes.

– Oui, c'est cela, ajouta le moto-taxi. Moi je suis en Christ, vous savez et je ne peux accepter cela. Cette femme-là était possédée par le démon de la misère et elle doit nous rejoindre.

– Comment avez-vous su, deviné ce qui se tramait ? reprit de manière plus prosaïque le jeune policier.

– A dire vrai, l'ancienne m'avait appelé pour que nous nous rendions en brousse ensemble. Elle portait, coincé entre les deux seins, un petit-là, un gamin, juste derrière le boubou. J'avais entendu ses petits cris, qu'elle étouffait à intervalles réguliers pendant la course. Jusque là rien d'anormal. Mais quand nous sommes arrivés là-bas, en brousse, elle est revenue sans l'enfant. Or, c'était la nuit et pas l'ombre d'un village. Au lieu de la reprendre, je l'ai assommée et je suis descendu voir ce qui se passait en bas de la route.

– Et ?

– Y'avaient deux types et ils parlaient.

– Qu'est-ce qu'ils disaient ?

– Je ne sais pas. Mais c'était si louche, que je ne me suis même pas posé de question, j'ai pris l'enfant qui avait été

27

déposé sur la moto de l'un d'eux, comme un sac de pommes plantain. Puis, je suis retourné vers elle et je l'ai ramassée pour la ramener à l'église. Elle se débattait, alors, j'ai dû l'assommer, pour la sauver. A l'église, là, on l'a délivrée du démon et elle a avoué. Elle avait remis l'enfant et devait le donner à une bande qui, en échange lui a remis 200 000 FCA.

L'Inspecteur gardait le silence, comme inquiet. Si c'était une confrérie de sorciers qui avait besoin d'organe et de sang frais, pourquoi ne pas les avoir trouvés au même endroit, dans une cabane, un sous sol, sur un tas d'ordure ? Là, les endroits, le Quartier du Lac, rue Mpondo Akwa, Bastos, rue Joseph Mballa Eloumden. Et ce bambin… ?

-Où emmenait-elle l'enfant ? demanda-t-il au jeune clando sur le point de partir.

– Nous étions loin ! Près de la zone protégée de Mpem et de Djim au nord.

– Alors pourquoi être revenu ici et ne pas avoir déposé plainte là-bas ?

– Je suis de Yaoundé, dit la jeune femme dont l'enfant avait été enlevé. Ma coépouse l'avait emmené jusqu'à là-bas. Ils ont pris la route, en brousse, très loin. Mais Dieu a mis cet ami sur le chemin de mon fils. Dieu est grand ! fit-elle en levant les mains au ciel, avant de les poser de nouveau sur son nourrisson, qu'elle collait amoureusement contre son ventre.

-La réserve de Mpem et Djim, bel endroit pour un repère de sorciers, pensa tout haut Kindany.

- Mbil, rendons-nous à la réserve le plus vite possible.
Ils n'eurent le temps, hélas, de se mettre en route pour une excursion hors des murs de la ville aux sept collines.

Chapitre 6

La saison des pluies à Douala faisait râler les taxis bamiléké, plus qu'à l'accoutumée. Quelle ville ! De loin la plus instable et grouillante de l'Afrique Centrale, rejoignant Lagos et Ibadan dans le triste concours de la pollution atmosphérique. Altière et fière, Douala montrait, non sans quelqu'orgueil, sa vie et de son dynamisme. Dans le port, des Mousgoum pêchaient la crevette en pirogue, tandis que des bateaux exportaient le pétrole vers l'Europe. Des David, longeant des Goliath métalliques. A première vue, Douala ne montrait que cela. Des contrastes. Bassa, Bamiléké, Béti et « gens du Nord » tentaient tous leur chance… Yaoundé, la verte, vallonnée et tropicale, entourée par une forêt de Jade, semblait plus calme et pourtant… Laurent Biyala y avait perdu la tête et trouvé la mort.

A son arrivée dans le port de la ville du Wouri, Kakiang, un jeune Moundang de la ville de Kaélé au Nord du pays située dans le « bec de canard », avait retrouvé sur place deux de ses amis et logeait dans le quartier très populaire d'Akwa, fait de petites baraques poussiéreuses, de jeunesse débordante et de cabarets minuscules aux casseroles et marmites pétulantes. Un endroit régulièrement inondé par les pluies, si bien que les toilettes se mettaient à rejeter ce qu'elles devaient ingurgiter. Installé depuis un mois, Kakiang habitué à la propreté du Nord, ne parvenait toujours pas à s'adapter à cette réalité.

Ce soir-là, il était resté à écouter ses amis parler de leur pêche et se demandait comment, lui, jeune érudit de la famille du Gong, le « chef traditionnel » de Kaélé, il avait voulu fuir les siens et faire « fortune » au sud. Quelle mouche l'avait piqué ? A sa jeune fiancée, Makaané, il avait déclaré :

-Ma belle, je dois partir au sud, cette vie de travail dans ce motel, à supporter ce patron, je ne peux plus la supporter. Si Dieu le veut, je deviendrais riche et pourrais t'offrir une belle villa.

– Kakiang, tu as toujours été un garçon courageux, tu as aujourd'hui dix-huit ans et ton baccalauréat. C'est bien assez. Est-ce raisonnable de vouloir voler au-dessus des aigles lorsqu'on est un poussin qui vient à peine de sortir de sa coquille ? Ton père et ta mère sont désormais vieux et nous devons assurer, ici en ville et au village pour eux.

– Oui et c'est pour cela que je dois aller à Douala. Je perds mon temps avec mes 30 000 Francs CFA par mois ici ! Ce type, le gérant du motel, le Guidar, je ne peux plus le supporter. As-tu vu comme il traite les jeunes, le personnel ?

– Mais cela a toujours été ainsi, tu sais comment nous sommes, pourquoi absolument te révolter ?

– On voit que tu sors de ton trou, de ta campagne ! Il nous faut être moderne, se battre. Les Blancs, tu crois qu'ils se résignent ?

– Je ne les connais pas ces sorciers ! Ils sont si étranges.

– Tu es bien une fille de la brousse ! Si tu allais à Maroua, tu n'aurais pas si peur !

– Peut-être, mais on dit au village qu'ils sont mauvais, pourquoi les évoquer ?

– Mauvais, les Blancs, lesquels ? Les Français, les

Anglais, les Allemands, les Américains…

– Au village, on dit qu'ils enlèvent les jeunes pour les exploiter en Occident.

– On est plus sous la traite ! Tu dis n'importe quoi ! On ne peut pas comparer. Ouvres ton esprit, le Président de l'Amérique, et bien, c'est un noir !

– Je ne suis pas si M'bororo, merci ! Obama, tout le monde le connaît !

– Alors, tu as un argument de plus contre tes préjugés ! Si là-bas, des Blancs l'ont élu, c'est qu'ils ne sont pas si racistes et « esclavagistes », comme tu dis.

– Je sais bien, je suis de la brousse, mais tout de même, je connais lire et écrire !

– Tu « sais » lire et écrire, pas « connais ». Tu vois que tu parles comme une broussarde !

Ils explosèrent de rire et Kakiang la serra fort contre sa poitrine, la rassurant comme une enfant.

« Toi, tu as eu la chance d'avoir la Sœur Margaret pour t'apprendre l'Anglais, lui souffla-t-elle.

– C'est vrai, ce fut ma seconde mère. Je me demande où elle est. Il paraît qu'elle a voyagé au sud, à Yaoundé, mais j'ignore pourquoi.

– Elle t'a toujours fasciné, n'est-ce pas ?

– Oui, je dois l'admettre. Sœur Margaret n'est pas une religieuse comme les autres. Elle sait tant et tant, si bienveillante.

– Tu l'adores !

– Oui, comme ma propre mère.

Allongé, dehors, sur le sable qui recouvrait l'entrée de sa chambre, seul sur la natte, il se souvenait de la beauté de son pays et de sa fiancée, de Sœur Margaret, qui elle aussi, lui manquait. Les chauves souris se balançaient, avec leurs yeux rieurs. Elles semblaient lui parler…

- Kakiang, souviens-toi du *Djonré*…

Parfois, il y pensait, chassant ensuite ce souvenir lointain. Si seulement Sœur Margaret était là, elle le soutiendrait. Le *Djonré*, il était un homme désormais et il fallait qu'il dorme pour affronter de nouveau la pêche du lendemain. Les vagues étaient parfois si hautes au large qu'il n'était pas toujours sûr de revenir.

Chapitre 7

La morgue de Yaoundé était un cauchemar pour tous les êtres humains dignes de ce nom. Comme une petite mouche affairée, le Professeur Atangana allait et venait, avec sa blouse blanche, ses instruments de torture et son air de jubilation dès qu'un nouveau venu faisait son apparition dans son « laboratoire de dissection».

-Bien le bonjour, Professeur, vous allez être content.

Edmond Atangana, le médecin légiste se frottait déjà les mains.

-Alors, qu'est-ce que c'est que cette histoire, où avez-vous trouvé ce pauvre homme ?

– A Nlonglak, dans le puit devant dans une bicoque sans prétention.

Ils installèrent le corps sur une planche de bois, tandis qu'Atangana revêtait ses gants. Il enleva le plastique enroulé pour découvrir avec effroi qu'il ne restait pas grand-chose à disséquer.

-Bon, fit-il, un brin déçu, alors, regardons ce qui reste et comment tout cela a pu se passer. Les plaies signalent qu'il a été éventré, de haut en bas, avec une lame, ou une machette bien aiguisée, les organes ont été prélevés, le foie, le cœur... Que manque-t-il d'autre ? Les organes ont été enlevés à l'arme blanche, pas de doute, pas de trace de balle, il a été assommé, comme en témoignent les plaies et tâches de sang sur le haut de ses épaules. Il a reçu plusieurs coups, regardez, ici, au niveau du bas de la nuque et sur les deux omoplates. Voyons voir ses poumons. Si nous étions ailleurs, nous pourrions savoir quel air il a, s'il a été gazé ou asphyxié. Je vais analyser son sang... Le poison, on ne sait jamais. Mais, qu'est-ce que c'est que cela ?!!!

Le professeur avait placé l'estomac du cadavre dans une cuvette en métal.

-Qu'est-ce que c'est que ce mammifère qui mange... Pourquoi il a cela dans l'estomac ?

– Professeur, expliquez-vous, on ne comprend rien ! » Intrigué, il retira avec sa pincette une petite touffe engluée dans de la bile jaunâtre. Une mixture, avec des racines mâchées, mais non digérées.

-Du bois.

– Du bois ! Kindany se tourna vers Mbil qui n'avait pas dit un mot et observait en silence le travail du médecin légiste.

-Quel bois, Docteur ?

– Alors là, je n'en sais strictement rien. Je n'ai jamais vu du bois dans un estomac. Quel pays ! Des écorces de racine, des racines venues de la forêt, rien à voir avec ce qu'on trouve ici, ou en savane. Quelle couleur, si l'odeur ne prouvait pas le contraire, on pourrait croire à des éclats de vanille, mais non.

– Du gingembre, peut-être ?

– Non, non, aucune senteur de ce type et la couleur marron foncé atteste d'une autre espèce. Il faut analyser cela au laboratoire.

– La forêt... Hum, pourquoi parlez-vous de la forêt ? dit Kindany, synthétisant les propos du légiste.

– Il y a un lien avec le « bois », un truc comme cela.

34

– Bon, ok. Placez le corps encore quelques jours à la morgue… Le temps que l'un des siens nous fasse part de sa disparition et se présente à nous. Faites tous les examens, les prélèvements nécessaires. Je veux connaître la nature de ce   bois.

Chapitre 8

Parvenu au terme de sa journée, John Kindany quelque peu soucieux alla se rendre chez son ami, le professeur Nathanaël Ndofi. Vieil homme sage et érudit, il était aujourd'hui le doyen de l'Université de Yaoundé. Sa maison était postée sur les buttes de la faculté, en amont, si bien qu'il pouvait contempler le défilé des étudiants, régulièrement, en lissant sa barbe devenue, avec l'âge, blanche comme de la neige. Ah la neige ! Ndofi l'avait vue un jour dans les Alpes, en Suisse, lors d'un séjour à l'Université de Bern. Il avait voulu en ramener en Afrique... et avait ri de sa naïveté. Dans son petit bocal rempli de flocons, bien rangé au réfrigérateur, une fois arrivé à l'aéroport de Yaoundé, de l'eau... de Suisse, certes, mais de l'eau quand même ! Il avait eu cette autodérision.

-Les professeurs sont de grands enfants qui ne veulent jamais quitter l'école.

Kindany arriva en moto et se gara contre le bord de sa maison en dur.

-Mon cher ami ! Alors, comment allez-vous ? Ndofi l'accueillit à bras ouverts.

– Cher Professeur, je viens à vous pour vous demander quelques conseils, vous qui m'avez toujours aidé grâce à vos lumières de sage éclairé !

– Flatterie, Kindany, cela ne vous ressemble guère… Que se passe-t-il donc de si important pour que vous en veniez à vous abandonner à une telle flagornerie ? Je prends cela comme un signe de fatigue de votre part…

– C'est bien exact, cher Professeur. Je suis…

Il n'eut le temps de dire un mot de plus. Une nuée de vautours s'était rassemblée autour de lui, prête à le dépecer sur place.

-Que se passe-t-il donc ? Pourquoi cette attaque ?

Le professeur se protégea en mettant ses bras sur son visage. Kindany se coucha à terre. Les volatiles recommencèrent de plus bel, les chargeant de front.

-J'ignore ce qui se passe ! *Deedung*[3] ! Vite ! Rentrons !

Les cinq vautours, le cou décharné, les ailes à moitié déplumées, blanches, rousses et noires, piétinèrent alors le tas d'ordure situé aux côtés de la maison du professeur. A l'intérieur, les deux hommes observèrent le spectacle de danse des charognards. Leurs becs respectifs se mirent à déchiqueter les objets, les peaux de banane, pneus brûlés. Les ordures virevoltèrent dans tous les sens jusqu'à ce que la viande fraîche d'une jambe de femme soit prise entre les deux bouts du bec d'un plus tenace. Aussitôt Kindany se précipita sur les volatiles et, à l'aide d'une tôle ondulée trouvée au beau milieu de ce chaos, il les fit s'envoler aussi sec. Mais l'un d'entre eux restait accroché, bec et ongles, les pattes courbées sur le membre de la jeune femme. Il regardait Kindany et en une fraction de seconde, celui-ci se dit : un sorcier ! C'est un homme qui s'est transformé en

---

[3] *Charognard* en langue moundang.

38

oiseau de proie et est venu me narguer ! *Gweere*[4] ! Puis il se ressaisit et le frappa avec énergie jusqu'à ce que le charognard tombe sur le côté, à quelques mètres du tas, littéralement assommé. Tout en se recouvrant les mains de sacs plastiques, Kindany et Ndofi en profitèrent pour dégager le membre qui n'était que la partie visible, émergée du petit l'iceberg d'ordures… Un autre corps, semblable aux précédents. Kindany poussa un soupir de lassitude.

-Professeur, voilà pourquoi je suis venu et suis si épuisé de cette journée !

Le professeur ne dit mot, se tournant vers le volatile pour lui porter un coup fatal. Il détestait plus que tout au monde ces maudits vautours. Au moment où il regarda dans la direction de l'oiseau assommé, il avait disparu.

-Où est le vautour Kindany, vous l'avez bien eu, non ? » Kindany se leva et laissa le corps pour contempler la place vide. Une plume rouge, des taches de sang.

-Oui, bien sûr, mais…

Sans un bruit, l'oiseau s'était enfui.

-Est-il dans le petit bois ?

– Allons y.

Les deux hommes arpentèrent le bosquet qui donnait quelque fraîcheur à la maison de Ndofi.

-Rien. Comment se fait-il que nous ne l'ayons pas entendu partir, s'envoler ?

Ils revinrent sur le tas d'ordure et sortirent le corps. Ndofi eut un haut le cœur, Kindany s'énerva brusquement.

- C'en est assez, cette fois, c'est trop ! Je n'en peux plus. Une demoiselle en plus !

– Gardez votre sang froid.

---

[4] *Au secours*, en langue moundang.

– Professeur, il va encore falloir que je vérifie quelque chose.

– Kindany, c'est un crime rituel ! Le visage du professeur était devenu violet.

– Ah oui, je n'avais pas deviné, peut-être !

La main sur la bouche, Kindany loucha, se retourna pour prendre une bouffée d'air et reprendre son souffle. Il titubait.

-Inspecteur ! Calmez-vous, je ne vous ai jamais vu dans cet état.

– L'oiseau de proie, c'était un sorcier !!! Un *pa-sah*[5] ! Si si ! Il est venu me narguer, me montrer l'endroit !

En bon universitaire ewondo, un brin méprisant envers les croyances des « nordistes », Ndofi lâcha, avec dédain :

-Vous délirez Kindany, reprenez vos esprits. Ces oiseaux vont toujours vers les cadavres d'animaux ou d'êtres humains, vous le savez bien.

– Vous avez raison, maître. Je m'épuise, vous ignorez quelle semaine j'ai eue. Voici notre quatrième victime.

Le professeur observa la scène et ne dit mot.

-Kindany, quelle heure est-il ?

– Bientôt dix-neuf heures, professeur.

– La nuit est tombée depuis une demi-heure, soupira le vieil homme, relevant le sourcil et jetant un rapide coup d'œil aux environs, au silence inquiétant. Des passants rentraient chez eux. Des taxis klaxonnaient, coincés dans les embouteillages, pressés de parvenir à destination. La ville entière semblait fébrile.

---

[5] Le *Pa-Sah* en langue moundang désigne le sorcier capable de se transformer en animal pour nuire à autrui.

Ndofi se retourna et demanda :

-Quand avez-vous découvert le premier corps ?

– La nuit, à quatre heures du matin… Samedi dernier, souffla Kindany.

– Et là, nous sommes dimanche, la victime a peut-être été exécutée la nuit dernière, conclut l'ancien.

– Je vais vérifier cela. Si c'était à la même heure que… Et mais, cela fait tout juste une semaine. Un cycle de sept jours.

Le Professeur se leva, et dans un geste du menton, déclara solennellement :

-Le cycle est terminé. C'était la dernière victime. Il n'y en aura pas d'autres. Vous pouvez vous reposer pour aujourd'hui.

– Pardon ?

L'Inspecteur fut surpris par cette déclaration, presque péremptoire, comme si le professeur en personne avait ordonné toutes ces mises à mort.

-Je ne vous suis pas Professeur…

– Combien d'assassinats ont eu lieu ?

L'Ancien menait la danse, rythmant l'interrogatoire de questions percutantes.

-Quatre, si l'on ne compte pas les victimes collatérales comme Jeanne.

– Toutes retrouvées dans le même état ?

– Oui, tous, sans tête, sans cœur, ni foie. Et avec…

– Avec ?

– Laissez moi vérifier.

Kindany s'approcha doucement de la jeune femme. Il sortit une pince à épiler de sa petite boite à outils et se pencha pour prélever une dernière fois, le « bois ».

– Voici,   Professeur.

Ndofi regarda avec circonspection les écorces et brins de racine mâchées, non digérée, ensanglantées. Il resta immobile et fit silence.

-Kindany, rentrez chez vous, s'il vous plaît, cette fois, c'est moi qui me chargerai d'envoyer cette femme à la morgue. Vous voyez des sorciers dans des vautours et me semblez absolument plus en état de faire votre travail.

– Professeur ! Vous parlez à l'inspecteur Kindany !

Le jeune policier ne pouvait croire que l'enseignant qu'il estimait puisse lui parler ainsi et juger de son travail, à tel point qu'il en fut piqué au vif, mortifié. Cet homme qu'il l'admirait tant le méprisait-il ?

-Mon enfant, mon cher Kindany, ce n'est pas là un conseil.   C'est   un   ordre.

Chapitre 9

La longue tignasse de Kindany semblait définitivement accrochée aux franges de bambou de son lit. Il attrapa un ruban de tissu blanc, l'enroula autour de ses cheveux afin de les attacher et de se dégager le visage. Adepte de Jazz et d'Afro-beat, saxophoniste à ses heures perdues, Kindany portait toujours une petite chemise classique, blanche ou vert turquoise, et très souvent de petites lunettes rondes pour ses yeux fragiles, couleur d'émeraude. Avec sa peau caramel et ses cheveux blond vénitien frisés mais souples, ses yeux bridés, ses larges pommettes saillantes, sa bouche fine et son nez court et droit, il ne ressemblait à personne d'autre qu'à lui-même. Kindany n'était pas *beau*. Non... Il est magnifique.

Ce jour-là pourtant, sa belle assurance l'avait quitté. Il s'était réveillé comme s'il avait bu toute la *yimi*[6] préparée par l'ensemble des clans à *Fing Luo*, après la chasse rituelle à la pintade, chez les siens, à Léré et à Doué, au Tchad. Des coups de pilon lui cognaient la paroi de la boite crânienne. Il repensa à la scène irréelle vécue chez son ami Ndofi et à

---

[6] La *Yimi* est la bière de mil traditionnelle des Moundang, au sud-ouest du Tchad et au nord du Cameroun.

l'attaque de panique qu'il avait eue face aux vautours. Pourquoi Ndofi lui avait-il parlé ainsi ? Lui d'un naturel si calme et tranquille. Il était encore tôt, mais il décida d'aller travailler à son bureau.

Mbil arriva vers onze heures, en retard.

-Te voilà toi, où étais-tu fourré encore ? Le soleil est presque à son zénith.

– J'étais avec un ami.

– Tu traînes et moi, je travaille. Sais-tu ce qui s'est passé hier ?

– Oui, justement dans les journaux, ce matin... La femme chez le Professeur, incroyable !

– Tu aurais dû être là, au lieu d'apprendre les nouvelles par la presse ! Fichtre. Tu travailles pour moi, je te le rappelle. Tout Yaoundé ne parle que de cela et toi, tu flânes...

– Maître, mon ami est malade.

Soupirant, Kindany fit taire sa colère.

-Que se passe-t-il encore ?

– Il veut mourir.

– Un jeune ? Fais-le venir ici, je lui parlerai. Il a un job ?

– Oui, il bosse dans le tourisme.

– Alors, quel est le problème ?

– Sa femme. »

Kindany regarda Mbil et ferma les yeux.

-Ah... Les femmes... Bon, et bien, je ne peux rien pour lui. Voici quelques jetons, vas-donc me chercher une sucrerie, tu seras gentil !

Après des études de biologie et de criminologie à Libreville, au Gabon, Mbil avait migré à Yaoundé et était devenu l'assistant de Kindany qui le formait aux enquêtes policières. Assidu, loyal et droit, Mbil eut honte et se sentit injustement jugé. Il voulait aider son ami et Kindany était parfois trop sévère, se comportant comme un père autoritaire.

Lorsqu'il revint, Kindany parlait à haute voix :

« Moins nous attachons d'importance aux différences, plus l'intuition se renforce. Nous n'entendons plus le bruissement de l'arbre mais la réponse de la forêt au vent...

Voici ce qu'écrivait Ernst Jünger, cet écrivain, si ambivalent... La forêt.

-Pourquoi je pense à cette citation ? soupira Kindany.

Le jeune Gabonais leva les yeux au ciel. Au secours, décidément, il était tombé sur l'Inspecteur perché du pays.

- Mbil, crois-tu que la forêt puisse nous parler ?

– Ma foi, dit Mbil, dans un soupir, regardant Kindany comme un fou sorti tout droit d'un endroit où il n'aurait dû aller, elle est partout, elle nous entoure ici, sous les Tropiques. Quand vous voyez mes grands-parents à Libreville, même s'ils sont en ville, la famille et le groupe, mon Dieu, il n'y a que cela.

– Oui, c'est vrai que même moderne, notre pays et d'autres d'Afrique restent très proches de croyances animistes.

– Je ne sais pas... et puis même ce terme d'animisme ne convient pas en fait, car tous ne croient pas en l'âme. Cela, ce sont des distinctions faites par les étrangers, les Blancs.

Mbil se tue, pour lui, Kindany était un *Blanc malgré lui*... Mais l'Inspecteur emporté par sa réflexion continua son monologue.

-Les sociologues des religions, souvent athées. Beaucoup de Juifs en France, après la guerre sont venus en Afrique et sont devenus anthropologues, cherchant l'ailleurs pour oublier l'horreur...

– L'horreur ?

Kindany reprit son souffle, il était parti dans des considérations lointaines, et voyageait mentalement. Il se redressa et dit :

-Je ne sais pas pourquoi ces choses me font penser à tout cela. Les survivants ont fui aux Etats-Unis et d'autres sont venus ici, certainement pour ne pas mettre fin à leur jour. Beaucoup d'entre eux se sont accrochés à cette science humaine, cette investigation de l'âme... La psychanalyse.

– Ah, je vois, Maître, votre hantise, la *Shoah*.

– Oui.

– Pourquoi ? Cela ne vous concerne en rien... C'est pas notre problème à nous Africains ! On a assez avec la traite, non ?

– Je ne sais pas Mbil, je ne sais pas... Pour moi, tout est lié. Et il est vrai que des événements dramatiques me ramènent à ce point-clé de l'histoire de l'Humanité, mais j'ignore pourquoi.

Mbil avait décidément du mal à suivre son maître, déroutant parfois, mixant des choses trop disparates, mais il restait « sans jugement », l'écoutant avec intérêt et avec un brin de fascination, mêlée de consternation. Kindany, c'était le zèbre au milieu du troupeau de gnous. Toute ouïe, il ne pouvait s'empêcher de boire les paroles de cet iconoclaste, comme du petit lait. Kindany continuait son cheminement.

-Une forme de régression, sans doute, où les choses

d'entremêlent, fusionnent. Et pourtant, cela ne me concerne sûrement pas, comme tu dis.

Derrière son oreille, cachée derrière son abondante chevelure, un mince filet de peau se mit à brûler, de manière kinesthésique. Il se frotta et continua la conversation sur la psychanalyse, sa grande passion, après l'anthropologie.

- Mbil, nous avons maintenant quatre cadavres qui sont dans le même état et deux meurtres collatéraux. Aussi nous allons passer à ma méthode. A partir de ce moment, voilà ce que nous allons faire… Vous connaissez ma technique d'investigation ?

– Oui… Les rêves qui envoient des lettres non ouvertes, comme disait Docteur Sigmund, répondit Mbil, récitant sa leçon.

– C'est une ironie ? demanda Kindany dont le sens de l'humour commençait à sérieusement diminuer.

– Excusez-moi, maître, je connais l'efficacité de votre méthode.

– Je préfère cela, souligna Kindany visiblement de très mauvaise humeur.

– Maître, puis-je vous demander ce qui vous rend si… comment dire ? Heu… irascible ?

Kindany souffla, le regarda en face et dit :

-Hier, l'attitude de Ndofi était très étrange. C'est tout. Revenons à mes moyens d'enquêtes et pensons à l'avenir, jeune homme.

Mbil se tenait droit comme un I et écouta avec attention.

- A chaque fois que vous ferez un rêve dont vous vous souviendrez, évoquez-le-moi en détail.

Clop, il claqua la langue sur son palet.

-Mais si c'est un rêve érotique ?

– Etes-vous bien sot ? Bien sûr que non, c'est l'évidence ! A moins qu'il vous paraisse étrange et lié à ce que nous vivons, vous ne donnez pas de détail, c'est tout.

– Très bien patron, opina du chef le jeune Gabonais.

– Une question plus prosaïque, mon cher Mbil, vous qui êtes fang.

– Oui...

– Que signifient la tête, le cœur et le foie pour vous, dans votre culture ? Le savez-vous ? Existe-t-il des différences ou au contraire, ces organes ont-ils toujours la même « fonction » ?

– Inspecteur, les organes ont toujours la même fonction : la tête, c'est le cerveau, la pensée, le cœur dirige et purifie le flux du sang et le foie agit pour nettoyer notre organisme, détruire nos toxines, régule le cholestérol par exemple. Enfin, entre autres, je ne me souviens pas de tous mes cours de biologie.

– Oui, cela, ce sont les fonctions découvertes et théorisés en Occident, qu'on apprend à l'école des missionnaires et à l'école publique, érigée par les colons. Mais, vous savez tout comme moi que certaines traditions et religions de chez nous n'attribuent pas les mêmes fonctions. Chez moi, chez les Moundang, le cœur et les poumons, c'est spirituel... C'est le siège du *ke*, le souffle de vie, comparable au Qi des Chinois... Une rivière corporelle qui régule l'énergie, suivant les méridiens.

– Ah, pas la Chine... Pitié !

– Et pourtant, les hommes ont découvert à mille lieux les uns des autres des instances corporelles qui agissent, mon petit. Et chez nous les Moundang, nous avons aussi deux âmes logées, non pas dans le cerveau, mais dans poitrine, le plexus solaire et la paume de ma main. La petite âme, *ce-laane*, et la grande âme, *ce lii*, l'âme signifiant aussi l'ombre que projette un être sur le sol, quand il est exposé au soleil. Ces instances corporelles sont en connexion avec le quatrième chakra du Lô, des Tsubo qui sont bloqués quand un choc advient.

– Au secours, Maître, maintenant, les Indiens. Et les Tsubo… C'est les Japonais, non ?

– Oui.

– Inspecteur, vous mixez tout et vos croyances sont surprenantes… L'âme est dans la tête !

– Pour les Chrétiens, notre âme se loge dans le cœur, notre esprit siège au top du corps. Encore qu'ils ne sont pas tous d'accord. Pour nous Moundang, l'âme est aussi dans le mil, le sorgho… Kindany sautait d'une croyance à une autre, tentant de trouver du sens, laissant Mbil dubitatif.

– Ah bon ?!!! Maître, peut-on faire une pause ? Vous avez eu un choc avec Ndofi, à quelque chose malheur est bon. Mais c'est trop pour moi, il faut que je digère.

Kindany s'assit et rétorqua :

-Du nerf et un peu d'effort ! Mbil, je suis sûr qu'au Gabon, vous avez aussi ce genre de croyances dites animistes, avec des âmes dans des animaux et des végétaux.

– Cela va de soi ! Mais, là, on est au Cameroun.

– Et oui…, donc, étant donné la suite de cadavres que nous avons trouvés…

Mbil coupa brutalement les pérégrinations de l'Inspecteur en pleine effervescence.

-Avec tout le respect que je vous dois, vous oubliez une chose : je suis Gabonais, jeune et tiens à avoir un fil rouge, dialectique, qui ne parte pas dans tous les sens. Là, ça fuse comme une explosion, Inspecteur. Repos, please.

Kindany haussa l'un de ses sourcils, montrant son mécontentement. Et hélas, pour Mbil, c'était sans compter sur la ténacité de Kindany qui ne pouvait s'empêcher de réfléchir. Mbil était lessivé. Il lâcha prise et décida d'écouter, sans trop y croire. Les regroupements hasardeux de son maître le faisaient tombait de son piédestal.

- Il est fou… Génial, mais fou, sous choc, merci Ndofi. En bon disciple, il écouta Kindany partir…

- Patience, il est sur orbite, il va redescendre…, se dit-il.

Kindany reprit de plus belle.

-Alors, chez les Fang ? La fonction des organes, je parle de manière spirituelle…

– Chez nous, on dit que Zamba a créé l'homme de manière entière.

– Oui, holistique. Mais nous sommes très proches des Pygmées, et…

Passablement énervé, Mbil se prit à s'exclamer :

- Stop ! Pour moi, c'est simple, c'est pour les Big Men, du trafic d'organe pour le pouvoir. Vous savez ce qu'ils font dans leurs temples. C'est la Rose Croix ou les Francs-Maçons, dit-il en baissant le ton, tout doucement, comme si le Diable en personne pouvait apparaître à l'évocation de ces deux sociétés ou ordres considérés en France et en Angleterre comme des confréries philosophiques, mais en Afrique, suspectées d'être affiliées à des sociétés secrètes capables du pire.

Kindany rebondit :

-Là encore une appropriation locale des écoles

philosophiques d'Angleterre, de France. Là-bas, pas de cela.

– Oui, mais ici, vous savez qu'ils *travaillent*[7] eux-aussi…

– Oui, des hommes politiques… C'est une excellente piste, Mbil. Peut-être. Ils utilisent la magie pour le pouvoir, classique. Mais ce qui m'intrigue et m'interpelle, c'est cette touffe mâchée de racine. Il faut analyser ce que c'est, comprendre pourquoi le tueur fait cela, savoir s'il est seul ou à plusieurs ? Ne vous rendez-vous pas compte qu'il y a une logique bien différente de ces Fey Men, avide d'argent ? Le bois, c'est la forêt. Et aucun or, chez les Pygmées.

Mbil, partit confus.

-Maître, je vais dormir, toutes vos interrogations me laissent sans voix et sans voie distincte.

– Tant mieux.

L'apprenti gabonais, en colère, tout chamboulé, partit le plus vite possible. Sa patience avait trouvé sa limite et il haïssait désormais Kindany.

---

[7] *Travailler* au Cameroun et au Tchad signifie faire « acte de sorcellerie », accumuler le capital à des fins personnelles, pour son pouvoir personnel, de manière individualiste, sans redistribuer.

Chapitre 10

-Kindany, j'ai lu l'affaire qui vous préoccupe. Avez-vous déjà regardé des films de Nollywood ?

– Je ne vois pas trop le rapport...

– Tenez, regardez ce film.

Georges Languérand, ethnographe québécois d'origine suisse avait passé sa vie à étudier et comparer les rites de circoncision au Cameroun et au Nigéria. La royauté sacrée, les sociétés à masque, c'était son *dada*. Après une belle carrière à l'Université de Montréal, il avait décidé de finir ses vieux jours dans ce pays « enchanté », comme il se plaisait à dire. Kindany, avec ses enquêtes semi-ethnographiques, l'amusait. Le Canadien tendit une pochette en carton, contenant deux CD-Rom.

– Qu'est-ce que c'est ?

– Vous êtes africain et ignorez le succès de ces films-là ?

– Non, ils ont une large audience auprès de la population, mais c'est tellement criard. Pour moi, honnêtement, ce sont des fous. J'ai vu une fois un film sur un gars qui sacrifiait des membres de sa famille pour obtenir de l'argent, auprès d'un sorcier... C'était lamentable ! Je préfère lire les ouvrages d'ethnographie ou de philosophie.

– Vous êtes un drôle de bonhomme, mon p'tit Kindany. Et vous avez bien tord de mépriser des matériaux précieux. Ces films reflètent les préoccupations et les imaginaires de vos compatriotes. Le Nigéria n'est pas loin ! Il influence beaucoup de gens… Les *movies,* porteurs de mythes contemporains sont semblables à des miroirs. Et ce n'est pas Barthes qui me contredirait.

– Oui, oui…, fit Kindany, peu convaincu et enclin à écouter les divagations philosophiques de son ami, lui qui la veille avait littéralement abreuvé le jeune Mbil de références. Chaque chose en son temps et c'était lui, l'*Inspecteur*… Roland Barthes attendrait.

-Donnez toujours, je jetterai un coup d'œil. En réalité, j'ai pris conscience d'une chose.

– Quoi donc ? demanda Languérand.

– Chaque corps a été retrouvé près de sanctuaires religieux.

– Dites moi, je vous écoute.

– Le premier meurtre a eu lieu près des catholiques. Ensuite, ce fut le tour d'un temple de Protestants. Le troisième devant une Mosquée, les Musulmans et en dernier lieu, à l'université, lieu du savoir occidental.

– Et au Cameroun, des lieux de culte, il en existe à chaque coin de rue, Kindany, voyons !

– Mais ces corps sans organes ! Kindany sursauta.

– Oui mon cher, le « corps sans organe » de ces fameux Deleuze et Guattari, vous qui feignez de mépriser la philosophie des Blancs, quand vous êtes avec nous. »

Kindany, n'écoutant pas la critique, continua.

-Hum… Ce corps, ce nomade qui transcende les

normes et valeurs des sociétés qu'il traverse, qui délire le monde le monde en révélant ses contradictions, écartelé entre différentes injonctions dites « paradoxales ».

– Alors, jeune homme, quel rapport avec les lieux de cultes ?

– Le tueur veut peut-être nous montrer que nous sommes une ville religieuse « écartelée » ?

– Pourquoi ? Il y a tant de symboles au Cameroun. Quel est pour vous le symbole des chrétiens ?

Kindany se gratta la tête.

- Je dirais que les chrétiens catholiques et protestants représentent les religions importées, celles des Blancs, alliés de la mission colonisatrice. Celle qui a détruit les traditions...

– Et ?... On dirait... C'est comme... Des traditionalistes qui se vengeraient.

Se nettoyant les oreilles, enlevant les pellicules tombées sur sa chemise à carreaux, l'ethnologue le contempla.

- Pas mal. Mais croyez vous que cela soit aussi logique ? rétorqua le Québécois comme pour faire éclore le foisonnement d'idées de son ami, arroser une jeune pouce qui germerait.

– Car, après tout, nous avons peut-être à faire à un tueur qui fait n'importe quoi. Le hasard existe.

– Quelque chose me dit que non, justement, que ce hasard n'existe pas... Il y a une *reproduction*, avec des outils qu'on a mis aujourd'hui à la disposition du tueur...

– De mieux en mieux, jeune homme. Pourquoi ?

– Parce que les corps forment un rectangle sur la ville. Si on relie les points sur une carte, il est parfait. Du nord au sud.

– Où a commencé le premier ? Au nord ?

– Non, au sud-ouest, le second au nord-ouest, le troisième au nord-est et le dernier au sud-est.

– Peut-être, mais l'orientation ? Du sud-ouest au sud-est de la ville.

– L'inverse de la course du soleil, de la naissance du jour.

– Oui, exactement, comme un rituel « inversé », réfléchit l'ethnologue canadien. Mais connaissez-vous des rites où l'on fait des actions d'est en ouest ?

– Ma foi... Chez nous les Moundang... C'est très important. On enterre les corps toujours la face vers le sud, le nord est néfaste, mais je me suis toujours dit que c'était en relation aux Peuls, qui venaient du nord et signifient la menace. Le Sud est notre exil, à nous.

– Il faudrait que je vois chez les Jukun et Rukuba du Nigéria que je connais bien. Mon vieil ami... Ah, ce cher Français, il en connaît long sur vos coutumes.

- Loiseau... Ses livres m'ont tant appris, il connaît tout ! Mieux que nous !

Kindany, à l'évocation de Loiseau vit son Lac, à Doué, et un aigle majestueux, doucement se poser sur les eaux, pour... Son oreille lui fit de nouveau mal.

-Loiseau, c'est son vrai nom ?

– Non.

Loiseau au regard vif et perçant, ayant perdu les siens, à l'est, son frère... Et compris une société au cœur du Tchad. Revenu de si loin, un aigle au regard perçant.

-Kindany, ces choses-là ne vous regardent pas.

Kindany baissa la tête et comprit qu'il devait faire silence.

- Jeune homme, revenons sur terre, à nos vaches, zébus et autres animaux de compagnie. Vous estimez que c'est un

56

crime en quelque sorte « politique », contre la colonisation…

– Heu, oui, fit Kindany, quelque peu freiné dans son élan.

– Christianisme et colonisation, missionnaires, marchands et militaires ont formé une coalition, du moins pour nous autres historiens et ethnologues.

– Mais les Luthériens par exemple en territoire français ont eu du mal à « percer », comme on dit.

– C'est vrai, dans les faits, la colonisation est très subtile. Pour les Britanniques, au Nigéria par exemple, les administrateurs se sont appuyé au Nord sur l'Empire musulman du Califat de Sokoto et n'ont pas toujours aidé les missionnaires protestants. Ce furent plutôt certains industriels qui les ont secondés afin qu'ils atteignent le Nord, de Lagos à Lokoja, puis sur la Bénoué, par voie fluviale. Parfois, les Protestants n'avaient que des pirogues, avec des planches en bois pour confectionner des cercueils. Nombre d'entre eux ont perdu leurs épouses, lors de leurs croisades.

– Chez nous, j'ai effectué des recherches, dans mon pays moundang, les autorités françaises ont vu d'un mauvais œil le premier missionnaire américain et même les catholiques. Ils n'ont cessé de les surveiller, envoyant des notes à l'Empire. Ils avaient peur que le message des Evangiles ne donne quelques idées de liberté aux peuples colonisés. Au Tchad, c'est frappant. L'Etat français n'était pas ami avec les catholiques. Mais parfois entre eux, ils se rendaient service.

– Vous en savez des choses pour un flic ! Ce que vous dites est juste.

– Mais est-ce que nous ne nous éloignons pas du sujet avec ces digressions ?

– Pas vraiment, tout est lié. Votre tueur fou n'est pas si

fou. C'est peut-être un indépendantiste qui souhaite remettre au goût du jour les traditions. Mais… Drôle de manière. Il faudrait qu'il soit rudement féru de philo moderne pour dire : Regardez, le Cameroun est devenu un « corps sans organe », un être fracturé, sans tête, sans cœur et sans foie, incapable de penser, d'aimer et d'éliminer ses toxines !

– C'est tout de même une piste séduisante… Mais je crois que vous avez raison… Il y a quelque chose qui cloche, là dedans…

– *Kpuu* ! fit Kindany, je ne vous ai pas parlé du bois !

– Quel bois ?

– Des écorces de racine retrouvées dans l'estomac des victimes.

– Quelle est-elle ?

– Nous l'ignorons jusqu'à présent.

– Intéressant, une racine… Les Pygmées.

– Ah non, là, cela fait beaucoup ! Les Pygmées ne font jamais de sacrifices, je vous en supplie, ne les soupçonnez pas… Ils souffrent déjà suffisamment des changements de notre modernité, de cet oléoduc Doba-Kribi pour l'industrie pétrolière, gronda Kindany.

– Ce ver de terre géant qui relie le Tchad au Cameroun pour aller s'échouer dans les mers… En saccageant la forêt. Vous devriez aller les voir. Et regarder aussi cette cassette. »

Les Pygmées, pour se venger de l'exploitation du pétrole auraient… Kindany, décontenancé par cette hypothèse prit congé du vieil ethnologue et appela le jeune gabonais.

- Mbil, viens me rejoindre s'il-te-plaît. Nous allons ensemble rendre visite à certains Pygmées que je connais, à Bertoua, dans la forêt.

Chapitre 11

Située au cœur de la forêt équatoriale, la ville de Bertoua était un îlot de vie urbaine en pleine jungle. En bus, cette fois, Kindany était accompagné d'Isaac, le Mousgoum et de Mbil.

- Inspecteur, je me demande si j'ai bien fait de vous accompagner. Cet endroit fait peur. Plus on avance et plus je me sens comprimé comme dans une coquille d'œuf ! On continue et c'est le Congo !

– Isaac, décidément, pour un militaire et de surcroit un Mousgoum, vous bien êtes couard !

Mbil catholique, habitué à la forêt eut plaisir à se moquer du grand bonhomme. Lui, Fang, était aussi « court » que l'ancien président de son pays, cet homme qui avait régné sur le Gabon pendant plus de quarante ans. Et Mbil, tout en diplomatie, savait ne pas froisser les hommes « grands ».

- Isaac, n'aie crainte, je sais que tu préfères la savane, le Logone et tes cases obus, mais les Pygmées n'ont jamais mangé personne !

Habitué à la critique de son entourage qui souvent se moquait de ses peurs d'enfant trop grand, Isaac continua :

- Patron, je parle de cette végétation. On dirait que des yeux nous regardent sans cesse.

Les trois compères regardèrent à travers la fenêtre du bus. Non, que des baobabs et arbres plus grands les uns que les autres. Kindany éclata de rire.

- Pas l'ombre d'un chasseur de tête, nous ne sommes pas chez les Jivaros en Amazonie !

– Qu'est-ce que cela encore ?!!, tempêta Isaac.

– Les Jivaros sont un peuple qui réduisait la tête de leurs ennemis. J'ignore s'ils le font toujours. Ils habitent une autre grande forêt, un poumon pour notre planète, l'Amazonie, en Amérique du Sud.

– Oui, là… Pas de risque qu'ils viennent ! Mais vraiment, les gens, avec leurs techniques barbares, des bêtes ! Nous autres Mousgoum avons laissé tout cela. Nous sommes soit musulmans, soit protestants. Pour moi, Jésus seul compte. Cela, c'est du n'importe quoi !!!

Puis il fit un signe de croix sur le front, en guise de protection contre toutes ces attaques possibles qui lui donnèrent la chair des poules de son village.

Kindany, lui, était resté fidèle à la religion de ses ancêtres, respectueux de l'autorité du Gong de Doué, le chef de son village natal, sur les bords du Lac de Léré, au Tchad. Ils arrivèrent tôt, deux jours après la découverte des cadavres. Les médias avaient pris possession de l'affaire de Yaoundé. *Ariane TV*, *Le Messager* et même *Cameroon Tribune*. Chaque jour un nouveau scoop, du pain béni pour les journalistes friands de sensations fortes. Il ne manquait plus qu'RFI.

Logés chez un ami de Mbil, instituteur dans l'une des écoles catholiques, ils saluèrent leurs hôtes et allèrent très rapidement se reposer.

60

Le matin, lors du repas, avant de se rendre à son travail, Ngema, l'instituteur leur indiqua un pâté de petites maisons. Un quartier très pauvre, à l'écart. C'est là que résidait Fritz Aka, un Pygmée devenu agriculteur.

Dans l'arrière cour, un immense jardin donnait sur une plantation avec des arbres à café, de cacao et des bananiers ainsi que d'étroits mais denses champs de maïs. Machette à la main, Fritz coupait les mauvaises herbes pour élaguer le terrain. Il avait aménagé un petit potager sur le côté, pommes de terre, gombo, choux, petites tomates, haricots. Il avait aussi tenté aussi d'importer des oliviers, mais ils n'avaient pas fait long feu, l'humidité et la lumière étant trop puissantes en cet endroit du monde.

- Qui êtes-vous, dit-il en se retournant, l'air craintif. Vous ne voyez pas que je travaille ?

– N'ayez crainte, Monsieur Fritz, nous vous dérangerons que quelques minutes, dit avec douceur Kindany.

– Soit.

Il déposa son instrument de travail sur le muret qui séparait le potager de la palmeraie et des petits champs et les invita à se rendre devant la porte de la maisonnée. Il installa deux chaises en plastique blanches, signe de richesse relative pour un homme à la condition modeste.

- Voici un peu d'eau.

– Merci, dit Mbil, bien heureux de se désaltérer, malgré l'humidité ambiante.

– Elle est bien tapée.

– Oui, elle vient du puit et je la laisse au frais, dans un congélateur. Elle est presque glacée.

– Soko, dit Kindany, manifestement satisfait, lui aussi de cette eau-là.

– Il semble que votre environnement soit plus agréable à vivre que notre belle ville de Yaoundé.

– Nous avons la chance d'être à la fois dans une zone relativement urbaine, mais aussi tout près de la forêt qui nous ravitaille en beaucoup de vivres nécessaires.

– A propos de la forêt. Nous recherchons quelque chose de spécial, des écorces, des racines.

– Des racines ? Lesquelles ? questionna Aka, faussement ingénu.

– Nous sommes à la recherche d'une plante particulière dont nous ignorons le nom et nous aimerions que vous nous aidiez, car l'un de mes amis m'a indiqué que les Pygmées connaissaient bien toutes les plantes de la forêt équatoriale.

– Notre peuple est chasseur-cueilleur, mais certains d'entre nous ont fait l'école…

– Nous n'avons aucun préjugé, ne vous formalisez pas, nous sommes là pour connaitre.

– Voulez-vous vous initier ?

– Pardon ?

A ces mots, Aka se rendit compte de son erreur et rebroussa le chemin de la conversation.

- Je veux dire, voulez-vous connaître les plantes qui soignent ? Etre…

Kindany le fixa un temps, comprenant que l'homme s'était coupé et tentait une manœuvre.

- Quelle initiation, Monsieur Aka ?

– Celle de la connaissance bien sûr, des études botaniques, pardi !

– Quelle initiation, s'il-vous plaît ?

Aka se leva soudain, se mettant en colère.

- Je vous propose de regarder les plantes, de vous instruire et vous m'embêtez !

– Calmez-vous, cher ami…

– Oh, ici, tout le monde appelle tout le monde cher ami, vous avez déjà vu un pays où tout le monde est ami, vous ? Quelle hypocrisie le Cameroun !

– Ne vous emballez-pas… Avez-vous entendu parler du pétrole ?

– Qui n'a en pas entendu parler !? Vous me prenez pour le dernier des imbéciles, parce que je suis pygmée ?

Kindany comprit qu'il fallait ménager la susceptibilité du bonhomme, loin d'être un homme docile et doux, comme les clichés le montraient si souvent.

- Pardonnez-nous, nous ne savons pas où nous mettons les pieds, personnellement, c'est la première fois que je rencontre un homme de votre peuple, je suis désolé.

Le petit homme se radoucit et se calma.

- C'est moi, si vous saviez… Les gens nous méprisent beaucoup, si ce n'est pas les touristes qui viennent nous voir comme si nous étions des bêtes de foire, des animaux, des choses curieuses. Mon peuple disparait. Soit nous essayons de nous adapter, mais c'est difficile, soit nous mourrons, soit nous rentrons encore plus loin dans la forêt.

– Justement, c'est cela qui nous intéresse. Cette déforestation crée-t-elle de la colère ?

– Et comment ! Mes gens sont lassés de voir ces arbres abattus. Toute notre économie repose sur la forêt, c'est elle notre mère nourricière.

– Pensez-vous que certains seraient enclins à se venger ?

– Oui, c'est possible, mais pas avec ce que vous croyez.

Je suis au courant de la série de meurtres qui a entaché la ville. Vous pensez sûrement que des Pygmées...

– Non, en vérité, au départ, j'ai pensé à un trafic d'organes pour les hommes puissants, les Big Men, des hommes politiques qui feraient des sacrifices humains, pour le pouvoir, commerçant avec les esprits, mangeant la force vitale des autres.

– Des sorciers.

– Oui, enfin des gens qui croient à ces choses-là...

– Ce ne sont pas des *croyances*, c'est la réalité. Des gens le font et cela marche.

– Si vous voulez... J'ai plutôt tendance, en ce qui me concerne à être dans un entre-deux sceptique... C'est de l'autosuggestion.

– Vous êtes, Inspecteur, excusez-moi, très naïf. Mais vous êtes très pâle, métisse ?

Ce fut au tour de l'inspecteur de se voir poser des questions et il sourit intérieurement de la pirouette effectuée par le Pygmée. Ce petit-là était très malin, habile comme personne.

- M. Fritz, si vous n'étiez pas occupé dans votre immense labeur dont je constate la beauté, je vous engagerais immédiatement dans mon équipe. Je suis en effet métisse, ou un bâtard, c'est selon... Mon père est Moundang du Mayo-Kebbi, il est décédé quelques mois après ma naissance, et j'ignore l'origine de ma mère. Voilà, vous savez tout.

Sur ce, il tourna les talons et dit à son équipe.
- Rentrons.

Isaac et Mbil n'osaient lui avouer qu'ils se seraient bien passés d'une escapade aussi peu fructueuse. Comme s'il entendait leur réprobation silencieuse, Kindany leur déclara :

- Nous n'avons rien à attendre de ce type, il ne lâchera rien. Il se protège et je ne veux pas l'offenser davantage. Il est innocent.

Chapitre 12

Amoureux de Calixte, Mongo ne pouvait plus supporter son alcoolisme. Agée de vingt sept ans, enceinte, sa compagne continuait à s'enivrer, jusqu'à douze Castel ingurgitées, à chaque dispute, souvent quand il ne s'occupait pas suffisamment d'elle. Abandonnée par sa mère kapsiki à la naissance, elle n'avait pas connu son père et oubliait ce sentiment d'abandon permanent dans l'élixir d'un Bacchus de houblon malté. Grand, le visage et les épaules larges, Mongo, béti ewondo était guide touristique. Lors d'une de ses tournées sur le circuit du pays, du sud au nord, d'est en ouest, il avait rencontré Calixte à Maroua, la belle ville de la Province de l'Extrême-Nord. Il faut dire que le Cameroun, avec sa diversité portait bien son surnom d'« Afrique en miniature ». Des tropiques avec les sites de Kribi et les plages magnifiques, de la forêt dense autour de Yaoundé vers à l'est, qui faisait place au Sahel à partir de Garoua et offrait ses montagnes majestueuses des Monts Mandara au Nord, à la frontière du Nigéria, le pays restait l'un des endroits les plus préservés du continent. Des girafes, des singes intrépides, aux éléphants nonchalants, mais menacés par le commerce d'ivoire, sans compter les panthères des roches, la faune et la flore ne pouvaient qu'attirer des touristes en quête d'exotisme et de patrimoine culturel et naturel bien mis en valeur. Les Camerounais avaient le goût du détail et rares étaient les endroits laissés vraiment en jachère. Un pays d'Afrique domestiqué, mais laissant une certaine liberté à ses richesses, avec des paysages mouvants de contes improvisés. A la croisée des chemins, entre traditions vivantes, en apparence immuables et modernité hybride, fracassante mais si fugace.

Dans la pénombre d'un quartier méconnaissable, le Nganga accueillit Mongo et Mbil, venu pour le soutenir. Il les regarda d'un clin d'œil perçant et jaugea l'état de santé de Mongo.

- Bienvenue ici. Tu dois savoir que ce tu fais ici, tu ne dois le dire à personne.

– Oui.

Les enfants souriants et l'épouse dévouée du Nganga étaient là.

- Viens, entre et parlons dans la chambre. Que t'arrive-t-il ?

– Il s'agit de ma fiancée, nous ne cessons de nous battre. Elle boit et je n'en peux plus. Elle est devenue dure comme la pierre. J'ai envie de quitter ce monde.

– Allons ! Personne ne doit mourir à cause d'une femme ! Qu'elle vienne !

– Elle ne veut pas. Elle est musulmane et pour elle, vous êtes des sorciers.

– Hum… Le crois-tu aussi ?

– Je ne sais pas. Je suis déjà mort, alors mourir chez des sorciers…

– Tu n'es pas mort et nous ne sommes pas des sorciers. Nous sommes une confrérie. Nous ne te ferons aucun mal et tu n'auras rien à donner en échange. Il faudra que tu payes le bois, les bougies, la natte et ta tenue de cérémonie, c'est tout.

– Et vous, jene vous paie pas ?

– Moi… ? Non, je fais cela pour Dieu, pour mes frères. Je suis un guérisseur, pas un charlatan. Regardes-ma maison… Ai-je l'air riche ?

Mongo scruta l'endroit d'un coup d'œil rapide. Pas le grand luxe, c'était le cas de le dire. Spartiate, tel était le mot le plus adéquat. Des casseroles s'entassaient ça et là, les enfants riaient, des poules et quelques coqs bruyants et fiers d'eux, ignorant leur sort, allaient et venaient. Seule une étagère bien fournie de livres dénotait dans ce décor de misère.

- Alors, quel est ton choix ?

Confiant, Mongo accepta.

- Pour te faire initier, tu dois avant tout manger léger et ne boire aucun alcool pendant une semaine avant la cérémonie qui durera trois jours consécutifs. Avant, nous officions en brousse, aujourd'hui, c'est ici en plein cœur de la ville. Il te faut savoir que je dois aussi partir dans les environ de Bertoua pour chercher le bois.

– C'est quoi… Le « bois »?

– Je te le dirai plus tard. Es-tu catholique ?

– Oui.

– C'est bien. Je te donne rendez-vous dans dix jours. Prépare environ 10 000 CFA pour les objets à acheter.

– Ok. »

Mongo et Mbil quittèrent la petite maison d'Ekong.

- Ne crois-tu pas que c'est dangereux ? frissonna Mbil.

– Je ne crois pas, mais… Demandons à Abega, lui, il

est initié. Ils virgulèrent sur la droite et longèrent le passage à niveau du train qui reliait Yaoundé la verte, la ville aux sept collines, à N'Gaoundéré, la capitale de la Province de l'Adamawa. Une petite échoppe, Abega potassait. Du Proust. Il leva la tête et leur récita avec emphase et fierté : *Longtemps, je me suis couché de bonne heure. Parfois, à peine ma bougie éteinte, mes yeux se fermaient si vite que je n'avais pas le temps de me dire : « Je m'endors. »* N'est-ce pas magnifique, cette prose ?

– *A l'ombre des jeunes filles en fleur*, je suppose, demanda Mbil.

– Et non, *Du côté de chez Swann...* Le tout début des tomes *d'A la recherche du temps perdu...* Je l'ai emprunté à mon cousin enseignant. Si je pouvais avoir une bibliothèque de tous ces miracles ! Ah la France... Le bonheur ! Proust, Flaubert, Maupassant...

– La Normandie, tu veux dire ! »

Ils rirent de bon cœur, heureux d'échanger sur des choses un peu légères.

- Nous, nous les connaissons bien nos colons, mais eux ?

– A mon avis, les Français, le Cameroun, c'est le « cadet de leur souci » comme ils disent ! Bon, mais on est là pour l'initiation. Mongo a peur... Moi, ça me change des meurtres en série...

– Mongo, je suis moi-même de la confrérie. J'ai été initié au village à mes dix-neuf ans. C'est une belle tradition, cesse d'avoir peur, toujours. Que t'ai-je dit sur nous ?

– Que vous aviez hérité cela des Pygmées et que les catholiques, lors de la colonisation, ont ensuite formé un syncrétisme avec le christianisme. Qu'avant, c'était un rite de passage pour les jeunes, les hommes en majorité, une

70

manière de devenir adulte, en *renaissant*.

– Oui, c'est un voyage, tu verras. Après, tu pourras vite constater que tes problèmes sont bien petits. Il faut faire confiance à certaines de nos traditions. Tout n'est pas mauvais. Ce sont nos ancêtres.

– Oui, mais j'ai quand même peur... On entend tellement de choses... On dit qu'ils sacrifient des êtres humains.

– C'est faux. N'écoute pas les Pentecôtistes ! Qui sacrifie qui ?

– Regarde dans les journaux. Tous ces meurtres-là, dont parle Mbil. Lui, il sait, il est toujours avec Kindany.

– Quelle chance tu as Mbil, ne voudrait-il pas d'un autre apprenti ? demanda Mongo songeur.

– Tu peux lui demander, répondit Mbil, mais les places sont chères. L'inspecteur est exigeant.

– Excusez-moi, mais on parle du Bwiti. Pas de sacrifice. Cela n'a rien à voir, tu verras, laisse.

Sur ces mots, ils se dirent au revoir et Mbil partit rejoindre son chef, l'inspecteur Kindany.

Chapitre 13

En ce dimanche de Pâques, au quartier d'Abili, la Mission des Nouveaux Evangiles accueillait les fidèles, venus nombreux. Majoritairement pauvres, ils espéraient, en rejoignant leur pasteur, obtenir « louange et grâce ». Le pasteur Michaël Obalobi tenait un sermon particulièrement musclé en cette saison chaude et humide. Yoruba originaire de la ville d'Abeokuta, au Nigéria, son charisme lui avait permis de fonder une Eglise pentecôtiste dissidente, dite « indigène », car dirigée par un homme du cru et non un missionnaire « blanc ». Son héritage anglican et sa participation à la *Full Gospel Mission in Nigeria* l'avait initié aux techniques de guérison miraculeuse, de glossolalie, le « parler en langues » des Apôtres avec des cultes pour expulser les démons, grâce à la possession par l'esprit saint à l'instar des croisades de feu de l'évangéliste allemand, Rainer Binnke, mondialement célèbre. Avec ses prières de feu et camps de prière, il montait progressivement son armée du Christ en vue de convertir la planète entière lors de croisades modernes.

Ce jour-là, la sœur du brigadier en chef, Christine, s'était rendue chez eux. Enervée d'avoir perdu son emploi de fonctionnaire des douanes à Douala, elle avait rejoint les Pentecôtistes et tournait désormais le dos aux catholiques. Trop corrompus et trop proches du pouvoir, selon elle.

Tambours battants, saxo et piano endiablés, le culte commença sur un morceau de Gospel. Les musiciens étaient réellement talentueux. La foule se mit à hurler :

- Nous rendons grâce à Dieu. Thanks you Lord !

Béti, Bamiléké, Bassa, en Anglais et en Français, tous se mirent à chanter et à crier ensemble. La centaine de participant reprit soudain son calme à la venue du pasteur qui leur déclara :

- Mes frères en Christ, le jour du retour du messie est proche. Tout nous prouve qu'il va revenir très rapidement. Ayez foi et soyez toujours fermes dans vos principes. Quelques que soient les démons qui vous assaillent de toutes parts, il faut les abattre ! Je pose la question, quels sont-ils ?

Un jeune homme se leva.

- Les traditions, pasteur.

– Bien sûr !

– Certaines sont-elles bonnes ? questionna un autre.

– Non, elles appartiennent toutes au territoire du malin qui vous guette, chaque jour. La semaine dernière, nous avons encore perdu une de nos adeptes qui est retournée chez les gens du « bois » ! Ces sorciers venus du Gabon, ces affreux syncrétistes. Ils officient leur culte en cachette, ici même à Yaoundé ! Savez-vous ce qu'ils font ?

La foule se tut.

- Mes frères… Je ne peux le dire. En parler serait les évoquer et les faire apparaître ! Et… Satan, oui, The Devil, Brothers and Sisters… doit… disparaître ! Die forever ! Amen !

Chapitre 14

John Kindany avait mal à la tête. Il avait revêtu sa chemise à carreau bleu ciel et avait décidé de faire une pause. Se rendre au Archives Nationales du Cameroun. Après avoir présenté sa carte de fonction, il entra dans la salle aux tables tapissées de papiers défraîchis et de photos en noir et blanc, jaunies par le temps, l'humidité et la négligence. Il pesta contre ce désordre. Décidément, les Camerounais... Lui, le Tchadien, Moundang de surcroît, avait horreur des objets non classés. Tout devait toujours être à sa place.

- J'aimerais regarder les archives, s'il-vous-plaît.

Kindany avait en tête de vérifier si certains sacrifices traditionnels bamilékés, bamoun, duala, bassa ou autres n'avaient pas recours au sectionnement des organes, de la tête, du cœur et du foie. Il regarda différentes sections, avec des photos. Prit des dossiers qu'il épousseta. Après quatre heures de recherches en vain, aucun cliché pris par quelques explorateurs ne montrait de sacrifices, il s'en doutait, mais il avait espéré. Quelques clichés toutefois, des esclaves, avec des chaines autour du cou, des poignets et des mollets. Parfois rangés par des troncs d'arbres. Des

« indigènes » comme on disait, à l'époque. La traite. L'océan comme départ pour la servitude dans le meilleur des cas ou… Le trépas, pour ceux qui n'en réchappèrent jamais. Et puis, cette photo de Pères Allemands, les Pallotins, premiers catholiques en terre camerounaise, sous le IIIe Reich. Des jeunes filles au visage fermé, triste dans des écoles catholiques germaniques… L'une d'entre elle lui fit penser à son amie Isabelle, même bouche fine et même nez retroussé. Mais quel regard éteint. Une jeune Béti élevée par les missionnaires, enlevée à la tradition et à la polygamie des siens. Un chemin vers la liberté et l'émancipation des femmes ? Il n'en savait rien. A en croire certaines de ses amies moundang, dans la polygamie, c'était la femme qui, en réalité, avait le pouvoir. Elle pouvait toujours dire que c'était l'*autre* qui avait oublié de préparer la cuisine. Drôle de pouvoir. Ces missionnaires et ces croix qui crucifiaient le plexus solaire. Si sérieux, si graves, si *austères*.

Kindany était plongé dans la contemplation de ces images venues d'un autre temps, échouées sur la berge d'une salle asphyxiante, lorsqu'il entendit une voix lui chuchoter :

- Est-ce vous ?

– Plaît-il ?

Il eut un mouvement de recul.

- Ces yeux… Sauf que les vôtres sont bridés, comme les Asiatiques.

– Mais qui êtes-vous ?

– Oh, je travaille ici depuis des lustres.

– De qui parlez-vous ?

– D'une femme qui venait souvent ici, à l'époque, dans les années 70. Belle, magnifique blanche, très haute-là, avec des cheveux couleur de mil rouge, roux, comme ils disent là-bas, aux yeux incroyables. Ce visage, je ne pourrai jamais l'oublier. Elle m'avait hypnotisée.

– Mais de qui Diable parlez-vous donc !

– Je l'ignore. C'était une intellectuelle-là, une sorte de… Je ne sais plus exactement, elle évoquait des recherches au Tchad. Non, pas une sociologue, une chercheuse sur les os, où l'architecture, les objets, enfin tous ces trucs-là… Bref, une dame brillante, curieuse. Belle, mais humble, pas du tout arrogante, comme ces Blancs climatisés qui pullulent aujourd'hui.

– Pourquoi me parlez-vous d'elle, ne voyez-vous pas que je suis concentré, vieil homme ?

– Oh, excusez-moi, Inspecteur, c'est cela ?

– Oui.

– Je retourne à mon poste de surveillance, mes excuses.

Kindany replongea le nez dans les photos et autres documents et, déconcerté, plia ses lunettes, avant de les ranger avec soin dans leur pochette en cuir de crocodile. Un margouillat mit fin au silence pesant des archives en se promenant sur le toit, certainement à la poursuite de quelques araignées ou insectes comestibles. L'inspecteur prit congé et sortit, puis rentra de nouveau dans le bâtiment officiel.

- Vieil homme, pourquoi m'avoir accosté et parlé de cette inconnue, de cette *nassara* ?

– Parce que vous avez exactement la même couleur de yeux. Un magnifique et flamboyant vert émeraude où tout se reflète et… s'expose.

Chapitre 15

Un couloir, dehors, adjacent à la pièce centrale. Replié en fœtus, assis dans une bassine en plastique, Mbil était entièrement nu. Avec l'aide de brindilles, d'herbes et d'eau, un adepte le purifia, jetant, à chaque fois qu'il avait frôlé son corps, de l'eau à côté du récipient en plastique. Une fois les ablutions effectuées, on le fit entrer dans un corridor où les initiés avaient revêtu leur tenue blanche et s'étaient peint le visage de kaolin. Souriant, ils ressemblaient à des lémuriens et gardaient le silence, assis autour de l'autel. Mbil se demandait où était Mongo et pourquoi diable avait-il lui aussi accepté de participer à ce rituel. Quelle mouche l'avait donc piqué quand le Nganga lui avait demandé :

- Et vous, jeune Gabonais, n'y-a-t-il de désir que vous ne souhaitiez assouvir ?

Et oui... Mbil avait cédé. Il souhaitait plus que tout que Kindany l'estime à sa juste valeur.

Le maître de cérémonie se mit à parler dans une langue inconnue et les autres néophytes s'alignèrent, en regardant vers l'ouest. Feuillages aux cheveux, colliers de perles au cou, les anciens initiés formaient un cercle, d'est en ouest, au nord de la pièce. Murmurant des paroles inaudibles, le Nganga donna à chaque nouveau venu, rangé en file indienne une mixture d'eau et d'écorces, à boire. Regardant la boisson, Mbil eut un instant de panique. Il vit son image dans le bris d'une petite glace, suspendue au mur. Tout de blanc vêtu, il ressemblait à un mort. Timidement, il chuchota :

- Maître, heu…, est-ce qu'il est possible de… finalement… Le Nganga le rassura.

- N'aie crainte, personne ne va te manger !

Mbil se rappela que c'était là la phrase qu'il avait dit à Isaac lorsqu'ils s'étaient rendus à Bertoua. Prenant malgré lui la mixture savamment mélangée, il l'observa attentivement et hurla.

- La forêt ! Traître, je vous reconnais ! Jamais, je n'aurais cru cela de vous ! Espèce de salopard !

Le Nganga ne dit mot. Mongo, désormais allongé aux côtés de Mbil, entra en transe et ne réagit pas à la réaction de son ami. Le Nganga, Maître Georges comme il était appelé, gardien des clés de la destinée, le prit et lui dit :

- Il est trop tard. Bois et mange.

Mbil regarda de tout côté. Impossible de s'échapper. Ce visage… Malgré le kaolin, il le reconnaissait. Nonchalants, les convives commencèrent à chanter et à appeler les esprits de la forêt au son du tambour. Le rythme donna le tournis à Mbil qui n'avait pas mangé depuis deux jours, comme on lui avait demandé.

- Souviens-toi que c'est un voyage… Mbil, aie confiance », lui chuchota Mongo. Georges lui présenta la mixture et Mbil, avec le sentiment que sa dernière heure était arrivée, dit adieu à son ami.

Dans un signe de croix, se prosternant devant le Nganga, il marcha, but et avala. Résistant, titubant, debout, après trente minutes, son enveloppe charnelle fut littéralement projetée à terre, sur la natte déposée pour la cérémonie et il partit faire un tour dans les étoiles, au fin fond de la galaxie.

Chapitre 16

Comme pour une énigme qu'il avait réussi à élucider en brousse au Tchad, son pays, Kindany utilisa la technique indispensable. La prise de distance d'avec le lieu du crime. Il décida donc d'aller rendre visite à son oncle installé à Douala. Un peu soulagé de s'accorder un moment de répit loin de cette affaire, il prit sa voiture personnelle et la route goudronnée qui reliait Yaoundé à Douala. De larges panneaux massifs indiquaient que la chaussée était aussi solide que la bière « Made in Germany ». Les autoroutes construites par l'ancien empire de BMW et Mercedes, une fierté… En chemin, il ne put s'empêcher de pester contre certains trous béants sur la chaussée et face à la conduite irresponsable de nombre d'automobilistes. Epouvanté, il se demanda s'il n'était pas sur le tronçon Lagos-Ibadan quand un camion transportant d'immenses tronc d'arbres, se mit à doubler et lui fonça droit dessus à toute allure, avant de se rabattre, à la dernière minute.

- Encore un fou du volant ou un conducteur d'usine sous la pression de son patron. Quel pays !, s'indigna-t-il, loin du calme de son Mayo-Kebbi natal. Lui, il préférait prendre son temps et se concentrer. Les arbres semblaient former une voute, puis progressivement le paysage laissa la place à Edéa, une ville située entre les deux capitales, administrative et économique. La forêt du littoral atlantique l'accueillait, cédant la place aux mangroves enveloppant la cité bouillonnante de Douala tournée vers l'océan.

- *Toc toc toc, chiro la...* Rédigeant quelques contes qu'il recueillait régulièrement chez les siens au pays, mettant avec soin ses notes au propre, son oncle enleva les lunettes de son nez, les plia pour les ranger dans sa pochette et ouvrit grand ses bras pour embrasser son neveu tant aimé.

- *Soko*, mon enfant.
– *Sokola, Deblii.*
– *Gjon dé né.*
– *Djon li ya.*
– *Ga no ?*
– *Awo, ga no ba !*
– Hum *soko, soko puli.*

Telles furent les salutations qu'ils s'échangèrent avec bonheur. Djongdang Pah-Yanné, maître des masques et du bois sacré de son village, à Doué, professeur d'histoire de son état avait appris tant de choses à son neveu qui le nommait oncle ou grand-père, *Deblii*, ce qui signifie
« grand homme ». Le respect des aînés, ces petites choses, sel du bonheur, natron de la vie leurs ouvrirent le cœur. Ils se retrouvaient.

- Cher oncle, j'ai besoin de bien me reposer. De prendre un peu de recul face à des abominations que je ne parviens pas encore à comprendre.

– Que s'est-il passé mon fils ?
– Une série de meurtres épouvantables, *Pah*. Je ne sais quoi penser. Je suis perdu, car cette fois, c'est trop compliqué. Quand il s'agit des gens du Nord, j'ai des

facilités, mais là...

– Explique-moi, fils.

Kindany lui relata en détail les évènements et son oncle écoutait avec attention, fronçant les sourcils. A la fin de son récit, il lui déclara :

- Cela n'a strictement rien à voir avec nos coutumes moundang, *Soko Masin* ! Tu dois absolument comprendre cette histoire de forêt, elle joue un rôle essentiel. Que t'a dit le Pygmée ?

– Il a eu peur et n'a strictement rien avoué. Impossible de lui faire sortir un son de sa bouche.

– Bon, je te propose que nous allions marcher un peu, dans la ville. Les idées nous viendront au fur et à mesure, le long des rues. Et puis, avec cette fraîcheur, il est dommage de rester enfermé dans ma tanière !

Ils se promenèrent alors au bord du Wouri, cet estuaire majestueux, observant les pirogues et les paquebots, et l'usine de Total.

- Le pétrole. Ces Français avec leur *Or Noir*... Et maintenant Petronas, la Malaisie et toujours les Américains, Chevron et Exxonmobil... Ce sont eux qui gèrent l'oléoduc. Les Pygmées auraient de bonnes raisons de vouloir se venger de ce qu'on a fait à leur forêt, comme les gars du MEND dans le Delta du Niger.

– *Awo*, oui, mais ils sont beaucoup trop fragiles et pacifiques.

– Je le sais... Ce sont avant tout de braves chasseurs et cueilleurs de racines et personne ne réagit de la même façon aux mêmes causes, expliqua l'oncle avec sagesse. Souvent, il faut prendre en compte les différences, surtout avec l'histoire. Ce ne sont pas des Ijaws, beaucoup plus organisés, blindés, résistant aux balles.

– Ceux qui prennent en otage les Blancs ? A Bakassi ? On peut la voir cette île, d'ici ? demanda Kindany.

– Non. Pas d'ici.

Ils s'arrêtèrent devant une place où un homme haranguait la foule :

- Moi le pasteur, je peux faire des tours incroyables. Le Saint Esprit peut tout faire !

Intrigués, Kindany et son oncle observèrent la scène qui se déroulait sous leurs yeux. Une foule de soixante-dix personnes environ écoutait un homme, qui, à l'aide d'un micro, sur une scène improvisée effectuait un camp de prière.

- Un jour, grâce à mon esprit, j'ai réussi à stopper le vol d'un avion. En plein ciel au-dessus de la ville de Douala. Il a fait demi-tour et a pu échapper à la tempête. Je peux aussi vous guérir de vos maux. Qui dans la foule souffre de quelque chose ?

Une femme leva la main.

- Venez à moi. Qu'avez-vous ?

– Je me sens toujours mal, j'ai sans cesse mal au crâne, pour rien.

– Venez, je vais vous imposer les mains.

Le pasteur se concentra et posa ses mains sur la tête de la jeune femme agenouillée.

- Holy Spirit ! Délivre cette femme du démon qui la hante, le Diable la fait souffrir. Amen !

Il continua de plus bel, en criant et en demandant à ce que toute la foule participe. Tous se mirent alors à hurler et à implorer le Saint Esprit, puis le Christ de délivrer l'ingénue de ses démons.

- I see something, dit le pasteur.

– Your sister in law is jalous. Tu réussis n'est-ce pas ?

– Je travaille à l'hôpital, je ne peux pas me plaindre. Oui, ma belle-sœur n'est pas contente que je sois l'épouse de son frère, comment le savez-vous ?

– Please, stay quite, I am connected with the Holy Spirit, which is talking to me.

Il se concentra et demanda alors à l'assemblé de prier pour que la jalousie familiale se tarisse. L'oncle de Kindany lui chuchota à l'oreille :

- Impressionnant, le gars parvient à leur faire croire de ces sornettes. Toutes les belles-sœurs sont jalouses. Kindany rit.

- Oh, pas toutes, mais lui est un sacré charlatan. Utiliser le christianisme ainsi, c'est une honte.

– C'est un pentecôtiste.

– Oui, ces chrétiens nouvelle génération... qui parlent en langue... et délivrent des démons. A quelle mission appartient-il ?

– Lui, à celle du Pasteur Obalobi, le Nigérian, un Yoruba d'Abeokuta qui a créé sa mission à Yaoundé et à Douala et envoie des missionnaires aussi au nord du pays, à Garoua et à Maroua. Mais là-haut, ils percent moins qu'ici, au sud. Ici, c'est devenu une entreprise impressionnante, charriant des millions. Ce qu'ils font surtout, leur « crédo », c'est de critiquer les traditions, toutes confondues et même les autres courants chrétiens, les luthériens, les catholiques, et surtout les musulmans. En gros, tout ce qui n'est pas eux relève du domaine du diable, the Devil, comme ils disent. Ce sont des gens dangereux qui divisent et jettent l'opprobre sur les autres.

– Pourquoi ?

– Parce que cela leur permet d'avoir un maximum d'adeptes, et de récolter de nombreux fonds. Regardes juste derrière la scène.

Une énorme Mercedes, avec deux gars en costumes et lunettes noirs était stationnée sur l'un des trottoirs de la chaussée boueuse.

- De vrais capitalistes ! s'exclama Kindany. Cela me fait penser aux théories de Max Weber sur le lien entre capitalisme et protestantisme. Sauf que là, cela semble différent. Ces gens promettent-ils le Salut éternel et la montée au ciel, en échange d'argent ?

– Bien sûr, avec en plus la guérison divine, ils accomplissent des miracles, exorcisent les gens, non pas de leurs péchés, mais des diables en eux, qui ne sont pas eux, mais toujours autrui. C'est très paradoxal, quand on étudie le christianisme… Car pour Jésus, le péché est en chacun de nous. Eux, le péché, c'est les autres. La culpabilité, ce sentiment très judéo-chrétien importé par les Blancs fait place au rejet de la différence au lieu de montrer la responsabilité des actes de chacun, comme le souhaitait le Christ.

– *Pah*, le christianisme semble très diversifié, non?

– Oui, c'est une religion soumise à l'exégèse, à l'interprétation, d'où sa complexité. C'est pour cela que je l'ai toujours étudiée, en bon Moundang… Et hélas, c'est le meilleur, car le pardon est une belle chose, mais aussi, Kindany, le plus difficile… Nous autres Moundang, sommes plus proches, je pense, des Hébreux avec notre modèle de compensation des fautes.

– Vaste champ d'études… Qui semble englober tant de choses… Nous aurions des affinités avec les Hébreux ?

– Oui… Sauf que *Ma-sin*, notre Dieu créateur est

« celle qui est au ciel », une divinité féminine. Ton ami suisse, l'ethnologue qui était au Canada, ne t'a rien dit ?

– Si, mais il reste évasif, lui, c'est les clans, la façon dont se positionnent les groupes entre eux. Il est pas croyant, non, non, il n'aime pas le mysticisme. Et puis, j'ai lu Loiseau, mais j'ai pas pu faire tous les regroupements. On part dans ces digressions, *Pah*... Ces... Pentecôtistes... ?

– Awo... Eux, ils récoltent beaucoup d'argent, signe d'élection. De manière ostentatoire, un peu comme des rois.

– Mais où va cet argent ?

– Je l'ignore, j'ai longtemps pensé qu'il alimentait des hommes politiques, mais la plupart de nos politiciens au Cameroun sont catholiques. C'est au Nigeria qu'ils sont *Born Again*.

– Qu'est-ce que c'est que cela encore ?

Pah-Yanné prit un fou rire.

- Tu les as sous les yeux ! Je te comprends, cela peut être déroutant. Les *Born Again*, en Français « nés de nouveau », sont des gens qui sont revenus des « ténèbres », grâce à la possession par l'Esprit Saint.

– Ah bon ?

Kindany ouvrit grand ses yeux.

- Pfuuu... Des grands malades oui ! Je suis médusé ! Bon, *Pah*, vous dites qu'ils critiquent les catholiques qui sont syncrétistes et les traditions... Mais la possession, c'est un truc bien de chez nous. Tout cela est paradoxal... Ce sont eux les « syncrétistes » qu'ils dénoncent ! Et toute religion nouvelle n'est-elle pas forcément syncrétiste, mixant des éléments différents, hétérogènes ?

– Mais bien sûr, Kindany ! C'est bien là ce qui pose problème pour ceux qui veulent le pouvoir. Mais en réalité, dans chaque dispositif sacré, il existe une source commune, quelque chose qui relie au lieu de délier. Cela ne plaît pas à tous, et...

Ils s'arrêtèrent de parler au cri du pasteur qui commençait à échauffer les corps et les esprits.

- Lâchez vos traditions, quittez les missions et méfiez-vous toujours des musulmans, ce sont les démons, l'empire de Satan.

Pah-Yanné se tourna vers son neveu :

- C'est encore pire que je ne le croyais. Personne ne réagit pour les catholiques, dire que le Vatican c'est Satan... C'est un peu gros, quel manque de nuance.

– S'ils ne s'en prenaient qu'aux autres chrétiens, fit Kindany pensif. Ce qui fait peur, c'est qu'en réalité en diabolisant tout, ils détruisent des cultures et des coutumes très efficaces. Il existe de nombreux rituels très utiles au Cameroun et chez nous, et cela les stigmatise ».

Le jeune inspecteur pensait aux herbes et cultes thérapeutiques de son pays.

Ils continuèrent leur chemin et se retrouvèrent au quartier d'Akwa. Un jeune pêcheur revenait, un filet chargé de crevette et de gambas délicieuses.

- Jeune homme bravo !

– *Soko*, dit machinalement Kakiang, dans sa grande fatigue.

– Toi, là, Sokola, tu es Moundang ? D'où viens-tu pour pêcher ainsi la crevette ?

– Je suis de Kaélé.

– *Djon dé né* ?

– *Awo, djon li ya.*

– *Ga no* ?

– *Ga no ba.*

– *Soko puli* !

Ils se serrèrent vivement les mains, tout heureux de retrouver l'un de leurs enfants.

- Comment n'y avons nous pas pensé, avec tes yeux bridés et tes pommettes si saillantes ! Un vrai chinois africain ! Kindany rit et Kakiang l'observa.

- Monsieur, votre faciès est aussi surprenant, vous êtes moundang ?

– Oui, de père, ma mère était une américaine, mais je ne l'ai jamais connue.

– Sorry, dit Kakiang en Anglais, comme pour se racheter.

– Pas grave mon jeune ami. Mais pourquoi ne pas nous offrir un bon repas, ce soir, avec de bonne crevettes bien fraîches ?

– Ce serait un honneur pour moi, fit le jeune Moundang, avec timidité et respect. Le restaurant est juste là. Nous les préparons avec des pommes frites, des bananes plantain, tout ce que vous désirez.

Kindany et son oncle étaient heureux d'avoir retrouvé par hasard un enfant du pays dans cette jungle urbaine.

- Incroyable, tout de même, le hasard, nous rencontrons un jeune garçon et c'est un Moundang.

– Oui, qui se ressemblent…

Kindany s'arrêta net devant une échoppe. Ils étaient arrivés au niveau du marché et une tête de gorille, avec ses mains, était étalée sur les planches d'un vendeur.

- Que faites-vous de ce gorille ?

– Nous le vendons à des hommes qui veulent devenir forts !!!

– C'est totalement répugnant. La tête d'un singe. Chez nous, on ne mange pas les singes, ce sont nos frères…

– Vous là, vous êtes des nordistes. Chez nous, on peut ! Voulez-vous des racines, des oignons pour être forts ? J'ai du bon piment.

L'oncle acheta un sachet de piment rouge. Un vendeur de *suya* leur offrit aussi une bonne dose de viande de bœuf séché.

- Avec le piment, c'est un délice, mais gardons notre appétit pour les gambas de ce soir !

Tout en mâchant, Kindany regarda de nouveau vers la tête du singe. Cette tête coupée. Puis, les racines à côté.

– C'est quoi cette herbe ?

– C'est pour la force, avec cela, jamais de panne !

Il prit scrupuleusement les différentes herbes et racines. L'une d'elles, de couleur marron clair attira son attention. *Moins nous attachons d'importance aux...* La forêt.

– Cela, c'est quoi ?

– Vous ne connaissez pas ? C'est la racine des Pygmées.

Kindany sentit son sang ne faire qu'un tour. Le petit lui avait menti ! C'était exactement la même racine que celle retrouvée dans l'estomac des victimes !

- Kindany, tu es plus pâle que tes ancêtres américains, que t'arrive-t-il ?

– Oncle, achetons-lui un morceau de ce truc-là. Il faut absolument que je découvre ce que c'est que cette racine ! C'est elle qui était dans l'estomac des cadavres.

– C'est aussi celle des Fang, hurla le vendeur, en riant comme un fou.

– Des Fang ?

– Oui, c'est la racine des Pygmées et des Fang, au Gabon.

– Cela devient compliqué.

– Cherchez dans les livres.

Les deux Moundang étaient dubitatifs. Là, vraiment, le mystère devenait de plus en plus opaque. Le soir, Kindany et son parent se rendirent de nouveau vers le port. Le soleil se couchait sur l'océan pacifique à dix-huit heures trente et ses rayons formaient des vagues de couleur orangées et violacées sur les eaux calmes. La marée était haute, et tous regardaient ce spectacle avec un sentiment de plénitude.

- Que l'océan est beau. Dieu est grand de nous offrir un si beau paysage. Nous sommes gâtés au Cameroun, confia Pah Yanné.

– Oui...

Kindany était heureux ce soir d'oublier, autour d'un bon plat de gambas, ses enquêtes. Kakiang vint les saluer et leur présenta le serveur.

- Je prendrai une Castel et mon neveu une Maltina, mes amis, commanda l'oncle.

– C'est comme si c'était fait.

Le serveur leur apporta les boissons.

- Cela fait du bien de ne plus entendre parler de cette racine de Pygmée et de Fang, lâcha avec soulagement Kindany.

Le serveur, soudain, fit tomber les deux boissons apportées sur un plateau.

- Mais que vous arrive-t-il ?

Il partit subitement. Kindany cria :

- Kakiang, viens là, dépêche-toi jeune homme. Qui est ton ami ?

– Un ewondo, un béti de Yaoundé, pourquoi ?

– Il a réagi de manière étrange à l'un de mes propos. Appelle-le.

Kakiang se retourna pour aller chercher son ami. Celui-ci avait disparu. Il revint et déclara :

- Je ne comprends pas. Il est parti. Qu'est-ce qui se passe encore ? Dis-moi, ami, avez-vous entendu parler ici de ces meurtres à Yaoundé ?

– Oh, oui, tout le monde en parle, ici on a peur que cela se propage. C'est depuis que c'est arrivé que lui, là, il est venu de Yaoundé, avant, on ne le connaissait pas.

– Tu dis qu'il est béti. Comme les victimes. Aurait-il peur d'être sacrifié ?

– C'est un initié, tous les initiés ont peur, père.

– Un initié ?

– Oui. Il appartient à une confrérie secrète, mais je ne connais pas son nom.

– Je sais juste que cela marche autour d'une racine.

– Laquelle ?

– Aucune idée, ils sont très secrets.

– Moi qui voulais me reposer. Il faut le retrouver.

– J'y vais.

Après deux heures où les deux Moundang attendirent, le jeune Kakiang revint bredouille. Il s'était volatilisé.

– C'est peut-être des sorciers. Franchement, il fait peur !

– N'ai crainte, nous sommes là. Si ce soir tu as peur, tu viens dormir chez moi, rassura l'ancien.

– Merci *pah*.

Le soir, tous se couchèrent. A la lueur de la lampe à pétrole, Kindany dit à son oncle :

- Vais-je parvenir à savoir ? La tête, les mains et... les pieds du gorille coupés... Il s'arrêta net.

- Il faut que je retourne immédiatement à la morgue !

Il quitta son oncle, qui ne fut guère surpris par l'impulsivité de son neveu. Avec sa bienveillance habituelle, il lui serra les mains et lui dit doucement

- *Usoko* et à bientôt, fils.

94

Kindany prit la route de nuit, malgré le danger que cela représentait et le lendemain, aux premières heures, arriva à la morgue.

- Atangana, sors-moi les cadavres, s'il te plaît.

Un peu surpris, le légiste sortit les quatre cadavres. Il allait trouver la marque, c'est sûr. La racine ne suffisait pas. Retournez-le. Nous n'avons pas regardé une chose.

– Quoi ?

– Les pieds !

Sur la plante des pieds, sur la gauche, une lettre gravée, au fer rouge : I.

- On est bien d'accord, celui-là, c'est le premier ?

– Oui, celui retrouvé au sud-est.

– Le second au nord est, montre.

– La lettre B.

– Le troisième : O.

– IBO… Isaac avait raison, ce sont les Igbo ! »

Kindany voulut sortir avec précipitation quand le médecin légiste lui déclara :

- Non, chef, regardez le quatrième pied du dernier macchabée : GA. – IBO GA !

– Les Ibo « ga », ce qui signifie « aller » en moundang. Comment est-ce possible ? Le tueur parle ma langue ? Souhaite me transmettre un message ? Je ne comprends rien, tout cela est confus et…

Il sembla qu'un éclair lui avait traversé l'esprit jusqu'aux orteils. Il bondit sur place et déclara :

- Il faut que j'aille de toute urgence voir l'ethnobotaniste. »

Chapitre 17

La maison de Firmin était une oasis de plantes, de cultures, de petites boutures, au sommet de la colline de Mvolyé. Surpris par la rapidité à laquelle Kindany s'était joint à lui, il lui proposa une chaise en bambou.

- Mon ami, calmez-vous.

– Les Igbo viennent… sur les corps, la guerre du Biafra…

– Vous mélangez tout. Croyez vous que le tueur vous en veuille et qu'il s'adresse à vous ? Et qui plus est, en langue moundang ?

– Pourquoi dites-vous cela ?

– Mais très cher, l'Iboga est la racine des Pygmées, une plante hallucinogène impressionnante. La plus puissante avec l'Ayawaska, elle, originaire d'Amazonie.

– Je vous écoute.

– Elle appartient à la famille des tabernantes, et contient de l'alcaloïde. C'est un puissant psychotrope. On la retrouve uniquement chez nous, au Cameroun, au Congo et au Gabon. Les Pygmées l'utilisaient pour leur rituel de passage à l'âge adulte.

– Au passé ?

– Oui et non. On continue d'utiliser cette plante, mais dans un autre cadre.

– Lequel ?

– Hélas, je n'ai pas le droit de vous le dire. Ce serait les trahir.

– Mais de qui parlez-vous ? Je commence à en avoir assez de toutes ces esquives, Ndofi, le jeune de Douala et vous.

– Je serais à votre place, j'irais voir Ndofi. Et votre équipier gabonais, où est-il ?

Kindany se souvient que Mbil avait disparu et se reprocha de ne pas avoir pensé à lui.

« Mais oui ! Où est passé Mbil ? J'appelle Isaac.

– Chef, je vous écoute, répondit Isaac, au garde à vous.

– Savez-vous où se trouve Mbil ?

– Cela fait une semaine que je ne l'ai pas vu, chef, et je me fais du souci. Il m'a dit qu'il devait s'absenter.

– Quand l'avez-vous vu pour la dernière fois ?

– Avec vous, à Bertoua. Nous avons parlé et il m'a dit qu'il devait prendre un petit congé. Il a évoqué un ami qui avait besoin de lui et une chose de son peuple, un retour aux traditions indispensable.

– Mbil est fang, n'est-ce pas ?

– Oui, gabonais, Fang.

– Je commence à y voir de plus en plus clair, Isaac.

Chapitre 18

Allongé sur un lit en bois d'ébène, recouvert d'une natte de secco tressé, Kindany parlait à haute voix.

- Hum, ce que vous relatez-là jeune Inspecteur m'a tout l'air d'un drame idiosyncrasique qui prend un masque social. »

Petit, avec ses lunettes rondes, Maître Devereux, Mofu des Mont Mandara était un ancien Oblat converti à la psychanalyse. Il était tombé amoureux d'une religieuse et s'était vu excommunié de l'Eglise. Au lieu de fuir vers le royaume de son créateur *Bi-Erlam*, ce prince des montagnes avait pris ses économies, un vol *low cost* de la Camair et était allé à New-York où il a avait alors suivi une initiation freudienne.

Dans la famille chrétienne, comme dans toute famille, il existait un interdit, faisant œuvre de foi. On ne pouvait partager le lit de sa sœur, même venue des mille collines du Rwanda. Le Diocèse de Maroua, à l'Extrême-Nord en avait décidé ainsi et ce fut un mal pour un bien. Désormais, il aidait Kindany, chaque fois qu'une énigme lui posait problème. Assis sur un petit tabouret, il continua :

- Comme disait l'homme dont j'ai pris le nom, votre

tueur est un névrosé qui porte un masque social. Il souffre d'un mal individuel qu'il déplace sur des éléments extérieurs, qui n'ont peut-être que peu de lien avec lui, ou au contraire ont un lien fort.

– Quelqu'un pourrait me montrer la voie ?

– Oui, une médium que je connais, une Guidar de la région de Guider. Elle officie ici, à Yaoundé. Au Quartier Bastos, prêt des Pères Spiritains. Vous demandez Mah-Mossonkou, tout le monde, discrètement, vous indiquera la « place ».

– Mah, comme chez nous, la mère ou responsable ?

– Oui, votre langue est proche.

– Logique, notre fondateur était Guidar, Damba.

– Je sais, Kindany.

– Maître Devereux, vous savez trop. Je n'aimerais pas être à votre place.

– C'est dur… Mais vous savez, j'ai des moments de répit ! Le cerveau se repose avec la…

– Ah oui, votre bili bili à vous !

Kindany prit congé de Maître Devereux. En marchant, un poids se fit sentir… Dans la grande poche de sa chemise un livre. *Sao of Fuli in the Mayo-Kebbi, Chad. Discovering an Original Site*, Mary MacWilliams.

Il traduisit : « Les Sao de Fuli, découverte d'un site inédit ». Qui avait mit cet ouvrage dans sa poche ? Le Mofu ? Rentrant chez lui, il déposa le livre sur son bureau et partit dans les méandres de la ville, à la rencontre de Mossonkou.

Chapitre 19

- Vous recherchez un sorcier, Kindany ?

– Comment le savez-vous ?

– On ne vient pas à moi sans affaire de sorcellerie. Le *sang* ou *san*, comme on dit chez vous, n'est-ce pas ? C'est à peu de choses près la même chose, chez nous les Guidar. Dire que votre chef était un prince jalousé de chez nous.

– Oui, Damba, notre fondateur était un fils de roi de chez vous. Mah, vous savez beaucoup. C'est bien. Mais ce qui m'intéresse présentement, ce sont les crimes. Je veux comprendre.

– C'est plus complexe que vous ne croyez et attendez-vous à avoir des surprises. Tous vos amis ne vous aiment pas.

– Comment cela, vous me faites peur !

– La peur est toujours très mauvaise conseillère.

– Justement. J'aimerais des conseils, des pistes.

– Les conséquences valent mieux que les conseils.

– Je vous en supplie, pas ce proverbe, je le déteste ! Pour moi, mieux vaut prévenir que guérir, au contraire !

– Vous êtes bien un Blanc, vous, exactement comme votre mère !

– Plaît-il ?

– Vous parlez même comme elle !

– Ne jouez pas avec moi, ma mère est morte et je ne l'ai jamais connue. Elle est partie quand je suis né. Et mon père s'est laissé mourir de chagrin, au lieu de m'aider.

– Votre père était fou amoureux d'elle. Il n'aurait pu survivre. Ne le jugez pas.

Kindany se sentit tout coton et eût l'étrange impression de rêver.

- Comment savez-vous tout cela ?

– Kindany, je suis devin, comme votre grand-père, mais je suis aussi âgée et je l'ai un peu connue.

– Au village, personne n'a jamais voulu me parler d'elle. C'est le tabou et le silence complet, dès que le nom de la *nassara* est dit. Je ne le connais même pas.

– Moi non plus, à dire vrai.

– Quelle était sa profession ?

– Je ne sais pas. Je sais juste qu'elle était très grande, géante même, comme vous l'êtes, fine. Je l'ai aperçue, quand j'étais adolescente. Tout le monde la « visionnait », la regardait avec admiration. Surtout quand elle s'habillait en djellaba blanche. Elle avait une petite tunique qui lui allait bien et un foulard de tête aussi. Elle protégeait sa chevelure couleur de mil rouge, sa peau était couverte de « tâches de rousseur », comme disent les Blancs. Nous, les plus jeunes, quand elle était arrivée, nous disions quelle s'était endormie un jour sur un tas de sorgho rouge et que sa peau avait été ainsi pigmentée.

– C'est tout ? Que faisait-elle perdue au milieu de notre trou !?

Kindany sentait son cœur battre la chamade, il avait presque mal à l'évocation de l'apparence physique de sa mère.

- Je l'ignore, Kindany. Je sais juste qu'elle avait quelque chose de très, comment dire… Elle était très curieuse de tout, avide de savoir et de connaissance. Et je crois qu'elle en transportait beaucoup en elle. On la disait très érudite.

– Son métier ?

– Encore une fois, je l'ignore.

– *Masin comé* ! Pourquoi les gens refusent-ils toujours de me parler d'elle ! Toujours ce halot de mystère qui entoure la femme qui m'a mis au monde !

– Dites-vous qu'elle était un esprit saint qui est venu pour vous faire naître, mon tout jeune frère. C'est le ciel qui l'avait envoyée.

– Un esprit saint ? Je ne suis pas le Christ, loin de là ! Un esprit saint, qui a tué mon père en disparaissant à ma naissance ? En nous abandonnant ? C'est bon, ça ? Non. Maintenant, cessons cette conversation, je ne veux plus entendre parler de cette *Blanche*.

Kindany redevenait petit garçon, subitement, boudeur, fragile, blessé. Si triste d'avoir été abandonné par la grande inconnue, l'égoïste laissant le petit au milieu de la brousse. Mossonkou ne dit mot et ne jugea pas la colère de son ami moundang, elle la trouvait naturelle. Alors, elle attendit, pour le soutenir. Et se mit en position, ouvrant son œil perçant.

Fier et bombant le torse, Kindany tenta de se ressaisir et de revenir au présent.

- Soyons sérieux et évoquons enfin l'affaire que je dois résoudre. Cette fois, cette histoire est très tarabiscotée.

– En effet.

A ces mots, Kindany se sentit de nouveau cotonneux. *L'ancrage…*

- Kindany, êtes-vous allé aux archives ?

Machinalement, les paupières mi-closes, la tête penchée en avant, il répondit :

- *Awo, me ga* Archivé, dit-il en langue moundang.

– Alors, maintenant, ce n'est pas moi qui vais utiliser mes capacités, mais vous. » Kindany flottait sur un nuage, tel un spectre léger. Maintenue entre le pouce et l'index, elle déplaçait une petite chicote devant les yeux de Kindany, comme un pendule.

- Fermez les totalement. Ouvrez la porte. Que voyez-vous ?

Kindany, avec une docilité qui ne l'étonna même pas, répondit :

- Je vois des barbes blanches, de longues barbes blanches…

– *Awo*…

– Je vois des hommes âgés, ils portent des croix, de très longues croix.

– *Awo, a pisaye*…

– Ils ont l'air sérieux, ou plutôt, très sévères. Ils sont…

– *Awo* ?

– Je vois un enfant qu'on tue, une femme qui pleure, triste. Elle commence à perdre la tête.

– *Awo*…

– Puis, elle disparaît. On la marie dès sa sortie, yang…

– Sa sortie de quoi ?

– Sortie de l'endroit… *Yang.*

– Une maison ? Un village ? Quel endroit ?

– *Lekolé.*

– L'école des Blancs… Que voyez-vous ?

– *Zah Pères*…

– Une mission.

– Catholique ou protestante ?

– *Zah Pères.*

– Bon, catholique, alors. Des sœurs, des religieuses ?

– Non, des prêtres, ce sont eux. L'un a fait le mal… L'enfant.

Kindany se réveilla subitement, choqué par ses visions sous hypnose.

- Qu'avez-vous fait ? dit-il. C'est vous qui êtes sensé *voir,* Mah !

– Je n'ai fait que révéler ce que vous aviez déjà deviné.

– Mais je n'ai rien deviné ! Rien compris ! Fichtre et re-fichtre !

– Bon, du calme. C'est à moi de me mettre en communication avec les esprits.

Mossonkou commença à énumérer une série de divinités et lança de petites brindilles sur le sol, au milieu d'arrêtes de poissons. Elle compta, et après avoir évoqué les esprits, elle entra tout doucement, comme une initiée de longue date, en état de transe :

- La chambre, l'homme, elle a été souillée, elle porte en elle le péché des catholiques. Elle est partie, répudiée par son nouveau mari. Il ne fallait pas se confier à l'homme mauvais.

– Qui ?

– Le nouveau mari.

– Les catholiques, étaient-ce des Français ?

– Ta. Des… Attendez, Kindany… Des hommes aux cheveux couleur de maïs. Grands, forts, brutaux.

– Aïe, aïe, aïe, encore eux…

– Kindany, autre chose, des lettres apparaissent.

– Dites-vite avant qu'elles ne s'effacent.

– Je vois… un I.

Kindany, fronçant les sourcils, écoutait avec la plus grande attention et notait tout mentalement.

- Je vois un A et d'autres lettres, floues. Elles n'existent plus. Un X. Ce sont des institutions. Oui ce sont des maisons pour jeunes filles. Un S. Elles doivent devenir de bonnes épouses chrétiennes.

– Où ?

– C'est ici à Yaoundé, à Mvolyé.

– Nous sommes dans quel temps ?

– Je ne sais pas, je regarde, il y a des voitures, des Coccinelles-là, celle des chanteurs, les...

– Les Beatles.

– Oui, la voiture de ces chanteurs, mais ils ne sont pas encore là, c'était avant. C'est loin. Les années 10' peut-être, je ne peux le dire. » La devin soupirait. Kindany reprit de plus belle.

- Des hommes à barbes, vous dites. Quelle est leur langue ?

– Ils disent... Oh, l'un d'eux dit :

- *Die Sünde, Vater !!! Wir müssen... Das Kind... Est ist ja unmöglich !*

John bondit. De l'Allemand ! Il traduisit immédiatement :

- *Le péché, Père !!! Nous devons... L'enfant. C'est impossible !...* Incroyable ! Qu'est-ce que cela évoque pour vous, *Mah* ?

– Aucune idée, je suis du Nord et je connais surtout les Français, les pères Oblats.

– Bon, résumez, vous êtes là, vous êtes sortie ?

– Oui, un peu sonnée, il y avait beaucoup d'éléments... C'est votre tête Kindany, elle est trop remplie, et en plus avec les esprits... Quel boulot !

Kindany explosa de rire :

- Vous-là, Mossonkou, on résout une affaire grave et... Bon, résumons, soyons un peu sérieux : les lettres, vous avez dit I, A, X, S.

– Oui...

– Cela ne veut strictement rien dire. On n'est pas rendu ! A moins que...

– Dites, jeune homme, je fais mon maximum ! Je ne suis pas Dieu ! Un peu de respect, tout de même !

– Mes excuses, les choses viennent peut-être, sûrement même, dans le désordre. Voyons voir... IXAS... Cela vous dit quelque chose ?

– Pas le moins du monde... XASI ?

– A a..., non, répondit-elle en langue guidar, AIXS... Encore moins.

– SAXI...

– Bof...

Kindany formula la dernière combinaison et eut un frisson d'effroi.

– C'est bon. J'ai deviné.

– Dites-moi.

– Les photos, c'était cela. Les Pères Pallotins, les premiers catholiques au Cameroun, envoyés directement par le Vatican après le *partage*.

– Quel partage ?

– Le *Grand Partage*, la conférence de Berlin en 1885. Ne cherchez plus.

Kindany se leva, la remercia en lui serrant les mains et en lui déposant deux billets de 5000 CFA.

- Tenez, ce n'est pas beaucoup, notre police est pauvre, dit-il à regret.

– Kindany, ne me déshonorez pas. Reprenez cela, fit

la vieille dame en le regardant avec intensité et gravité. Surpris, Kindany repris les deux billets et la remercia.

- Vous saviez ?

– J'en ai entendu parlé, les Oblats chez nous n'ont pas fait cela au Nord. Mais au sud... Allez, votre mission vous attend.

Il cligna des yeux et d'un geste de la main, souleva le secco tressé qui protégeait la petite pièce de la lumière et de la chaleur.

Après quelques minutes, Mossonkou sortit et proféra à Kindany qui était déjà bien avancé sur la chaussée de terre battue :

- Même si les deux histoires sont différentes, frère, le *yanné*... Il ne faut jamais dépasser certaines frontières, certaines limites. Le *yanné*, souvenez-vous ! Les femmes sont toujours des *ga-yang*... Et ici, malgré ce que disent les Béti, c'est pareil.

Pétrifié, Kindany commençait à percevoir la lumière au bout de ce tunnel forestier grâce à la connaissance de sa grande sœur guidar, fille de la brousse et de la savane. Tout comme lui-même.

Chapitre 20

Le Sixa, la vengeance. La ville tel un corps, une maison ou un temple. Yaoundé, Yaoundé. Le meurtrier utilise l'espace pour inscrire sur un code, des normes et des valeurs pour gouverner, diriger, construire ou détruire... La ville est une carte, il se sert de la structure urbaine comme d'une maison. Mais quelle maison, quel sens à tout cela ? Après avoir bu d'une gorgée la bouteille entière de Coke achetée au coin de la rue, Kindany se rendit immédiatement à l'université.

Ndofi. Le professeur l'accueillit avec circonspection. Il venait de prendre une douche et se préparait à sortir.

- Professeur, vous partez ?

– Oui, il faut que je retrouve des amis. J'ai fait une pause lors d'un séminaire.

– Laissez-moi vous parler de mes découvertes.

– Un instant, lâcha Kindany, peinant à contenir sa colère.

– Je n'ai pas le temps, il faut vraiment que je me dépêche, objecta le Professeur, manifestement gêné.

– Ce ne sera pas long.

– Soit, un quart d'heure, pas plus, on m'attend.

« – La direction et les lieux où les corps ont été trouvés ont un sens, j'en suis persuadé. Le tueur dessine une sorte de carte sur la ville de Yaoundé, déclara John, persuasif.

– Comment cela ? Ndofi regardait le jeune inspecteur, relevant l'un de ses sourcils en accent circonflexe.

– Regardez. »

Kindany sortit un plan de la ville, marquant quatre points. Il suffisait de les relier. Ndofi observa le schéma avec attention.

- Un quadrilatère. Parfaitement parallèle. Intéressant. Continuez, jeune homme, fit l'homme de lettres.

– Si l'on joint tous les points à la règle, nous obtenons un parallélogramme orienté du nord au sud.

– Oui, effectivement. Et ?

– Ce n'est pas le fruit du hasard, déclara Kindany sûr de lui.

– Pourquoi ?

– Parce que la ville est ainsi désignée en tant que cadre, telle une structure organisée.

– Je ne vous suis pas, Kindany…

Ndofi scrutait la carte et parcourait du regard le dessin du policier, claquant la langue.

- Je vais être clair. C'est une forme projetée sur la ville. Une demeure, un temple, avec des corps où l'on a placé un objet.

– Mais tout ceci ressemble surtout à *l'evu*, Kindany, lança le professeur.

– L'*evu* ? Qu'est-ce que c'est encore que cela ?

– Ah, j'oublie toujours que vous êtes moundang et que vous ne connaissez pas notre culture, à nous les Ewondo.

– Précisez, s'il vous plaît, je vous écoute Professeur.

– L'evu, c'est l'acte de sorcellerie, en même temps que ce qu'on trouve dedans. En principe, souvent, lors d'un crime sorcier, on retrouve un objet, une touffe de cheveux, des ongles, des restes humains, une boursoufflure dans l'intestin, le foie, quelque chose dans la bile, expliqua Ndofi.

– Alors vous êtes au courant que c'est justement dans l'estomac chargé de bile qu'on a retrouvé le bois, l'écorce mâchée de l'*Iboga* !

A ce mot, Ndofi se raidit et regarda durement Kindany.

- Vous connaissez donc. Pourquoi ce manège avec moi John ?

– Parce que cela, ce n'est pas votre *evu*. Je connais cette expression béti pour la sorcellerie. Là, nous avons affaire à autre chose, un rite importé du Gabon et du Congo qui s'est propagé ici, au Cameroun. Et je sais que vous connaissez cela bien mieux que moi. C'est vous Professeur, qui jouez avec moi. Le bois de l'Iboga sert aux Bwitistes, cette secte qui dit faire « renaître » les gens au monde. Les novices et initiés ingurgitent le bois, cette atroce racine d'Iboga et partent, effectuent un voyage à l'envers. Ils feraient un *vol astral* dans les étoiles avant de revoir, sous formes d'images hallucinatoires, toute leur vie, depuis le moment où ils ingurgitent l'Iboga jusqu'au sacrifice du poulet. Au cours de leur périple intérieur, ils sont sensés voir leur existence défiler sous leurs yeux jusqu'à rentrer dans le ventre de leur mère et renaitre au monde. Je dis bien *sensés*, car en fait, on les tue !

Le Professeur Ndofi le fusilla du regard, gorgé de mépris.

- Ce n'est pas une secte, comme vous dites ! Et ils ne

tuent personne. Le Bwiti est un rite ancestral, hérité des Pygmées et utile dans certains cas thérapeutiques, vous êtes parfaitement à côté de la plaque, jeune homme, vous et votre pensée à l'Occidental ! Vous et votre manière de tout confondre, comme les Blancs !

– Alors expliquez-moi ces cadavres... Ils n'ont rien à voir avec le tueur !?

– Pour vous trompez, justement ! Le Bwiti permet à des gens de revivre. Ils... Mais venez avec moi, jeune coq arrogant, ignorant du Nord !

Kindany ne dit mot et serra les maxillaires. Il répondit seulement en tentant de garder son calme, sûr que Ndofi demanderait pardon, plus tard, pour ces insultes si blessantes, qui le dégradaient.

- C'est vous Ndofi qui allez me suivre au commissariat, vous savez et cachez beaucoup trop de chose.

Un coup de massue, sur le crâne. Kindany, sur le sol et quelques femmes qui le transportèrent, en lieu sûr.

Chapitre 21

- Mes amis, je m'excuse de m'être absenté. J'étais sûr qu'*il* allait intervenir.

Le Nganga se tourna vers Mbil et Mongo et déclara :
- Continuons.

Blême comme le linge qu'une bonne ménagère aurait frotté des heures dans une bassine à la lessive Omo, Kindany observait, entre songe et réalité. La cithare. Des rythmes de la forêt, des chants mélodieux, des corps inertes, tout de blanc vêtu, allongés, sur des nattes, et alignés dans une pièce centrale. Avec le peu d'énergie qui lui restait, Kindany sortit sa boussole de sa trousse à outils. Ils étaient alignés du nord au sud. La tête tournée vers l'ouest. Son hôte lui dit de se taire. Il vit Mbil, au beau milieu.

- C'est le dernier jour, ils vont se réveiller… Ne vous inquiétez pas, Inspecteur.

Puis, il se mit à chanter, avec les autres, en regardant le maître de cérémonie.

– Vous ?

– Oui, moi. Chut, fit le Nganga en posant son doigt sur ses lèvres.

Un coq fut égorgé et Mbil se réveilla. Couvert de sang

et de plumes. La cithare s'approcha de lui et il retomba à terre, en transe. Les yeux fermés, ils suaient tous au son de la cithare, des chants des Pygmées et des Fang.

- Quel est ton nom, Mbil ?, lui demanda Ndofi, le Nganga.

Cette fois, sortant des gonds d'une porte de taule ondulée mal huilée, Kindany eut la sensation que toutes les pintades de Doué dansaient la samba au dessus de sa tête. Se relevant enfin, il regarda le lieu et les êtres qui le peuplaient et reprit peu à peu ses esprits. Mbil l'observait en souriant.

- Inspecteur, désolé, mais vous alliez commettre une erreur de justice. Personne ne tue personne ici.

– Où sommes-nous ?

Le visage couvert de kaolin, robe blanche et collier bleu et blanc autour du cou, Ndofi l'aida à se relever.

- Professeur, je vous faisais confiance.

– Nous étions obligés, vous alliez interrompre la cérémonie et fâcher les esprits. Par ailleurs, vous vous trompez. Je vous ai amené pour que vous compreniez enfin.

– Mais comprendre quoi ?

– Que nous sommes innocents.

– J'ai du mal à le croire ! Regardez-vous, vous faites peur ! Mbil, il te reste du blanc…

– C'est du kaolin.

– Oui, du kaolin, si tu veux, je commence à sérieusement m'énerver. Savez-vous que vous avez porté la main sur un agent de la police nationale ?!

Kindany ne cachait plus son effroi, comme projeté dans une dimension parallèle où les règles habituelles n'effacent au profit de quelque sortilège.

- Nous étions obligés, vous faisiez fausse route.

– Je suis complètement perdu !

L'œil hagard, John ressemblait désormais à un malheureux gecko repêché d'un marigot, peinant à reprendre son souffle sur la terre ferme.

- Depuis ces meurtres, de nombreux membres de notre confrérie ont disparu. Le premier était un charpentier adorable, les autres, des gens sans histoire. Nous ne les avons pas tués. Mais ils étaient des nôtres. D'autres ont fui la confrérie.

Kindany se redressa, épousseta sa tunique d'un revers de la main, et conclut, lapidaire :

- Tout ce que je comprends, c'est qu'il y a un traître parmi vous.

– Non, nous sommes des pacifiques. C'est autre chose et moi-même, je ne sais pas qui nous tue.

– Très bien, mais en l'état actuel des choses, je suis désolé, je suis obligé de vous arrêter, vous tous. Mbil, Professeur…

Il s'inclina et prononça le nom avec une profonde répulsion.

- Professeur Ndofi ! Vous le maître et les initiés, vous me suivez au poste, au nom de la loi, je vous arrête !

Ils se regardèrent, hochant la tête.

- Soit, si vous insistez.

Les adeptes se mirent en rang. Kindany, furieux, décomposé à l'idée que son maître à penser était tombé dans un piège de fous assassins, menant une double vie de Nganga, commerçant avec les esprits, appela le brigadier et tout un renfort de policiers.

- Vous me mettez toute cette petite bande sous les

verrous, nous les tenons.

Puis, se tournant vers Ndofi :

- Professeur, vous me décevez et je pense que c'est votre mauvaise conscience qui vous conduit à vous rendre. Vous me répugnez !

L'air soucieux, le vieil homme le regarda droit dans les yeux et fit un signe aux autres adeptes en guise d'acceptation du sort qui leur était réservé. Kindany, quant-à-lui, les observait, montant un à un, tels d'absurdes fantômes d'un carnaval insensé dans les voitures de police mobile.

Chapitre 22

Kindany décompensait. Comme un immense temple semblable à celui des Bwitistes. Des gens qui avaient voulu marquer leur empreinte sur toute une ville, capter, dans leur imaginaire, l'ensemble de l'agglomération. Comment Ndofi, Mbil et les autres avaient-ils pu faire cela ? Il les avait laissés mijoter au poste, souhaitant reprendre ses esprits, tellement triste du dénouement de cette enquête. Perdre des amis dans une vague de crimes... Machinalement, il ouvrit son poste de télévision et regarda les informations.

- L'inspecteur Kindany, qui s'est retiré pour l'instant, mais nous donnera une interview exclusive certainement dans les jours à venir, a mis au jour l'énigme qui frappait la ville depuis plus d'une semaine. Les Bwististes, membres sorciers une confrérie secrète et démoniaque avaient décidé de faire de la ville leur temple. On ignore encore toutes les raisons et motivations de ces actes atroces, mais nous vous tiendrons au courant, très prochainement.

Il éteignit et mit le CD de Nollywood que lui avait prêté son ami canadien. *The Devils are Dead*. Le film montrait le sacrifice d'une vierge en pays yoruba, au

Nigéria voisin, puis la venue d'un jeune pasteur qui tentait de convertir un chef traditionnel. Les effets et le son étaient médiocres et il eut mal à la tête. Qui avait écrit un tel scénario ?

Il appela Languérand.

- Ah, c'est sûrement Angela Ugoschuwu, l'évangéliste. Elle est à la tête de toute une maison de production où systémiquement des pasteurs sauvent de pauvres victimes de confréries traditionalistes. Cette femme, c'est une entrepreneuse, expliqua le chercheur, depuis son bureau de l'Université de Montréal.

– Ces films sont-ils diffusés en grand nombre ?

– Kindany ! Voyons, vous êtes africain ! Nollywood est le troisième cinéma mondial en terme de diffusion, après les Etats-Unis et l'Inde. Ce n'est pas montré sur des écrans, comme en Occident, mais vendu et copié à tire-larigot, comme ici et regardé par million, partout, dans les magasins, les coiffeurs, les petites échoppes, chez les particuliers. Vous devriez savoir cela mieux que moi ! Mais « un poisson ne regarde pas l'eau dans lequel il nage… », soupira le Suisse du Québec.

– Combien coûte un CD ?

– Environ 250 nairas.

– Hum, en millions, cela fait de belles petites sommes.

– Vous plaisantez ! Angela est milliardaire ! On évalue sa fortune, avec toutes ses églises pentecôtistes fondées, à des milliards de nairas, des millions de dollars.

– Impressionnant.

– J'ai vu le dénouement de votre affaire… C'est triste.

– Oui, je dois aller maintenant interroger la troupe de Bwitistes. Perdre Ndofi m'a fichu un sacré coup de blues. J'avais une telle admiration.

118

– Kindany, pourquoi aurait-il fait cela ?

– Je l'ignore. Le Diable sans doute, dit-il avec dépit, sans trop y croire. Ou pour son aura, son charisme personnel.

– Les adeptes donnaient-ils beaucoup d'argent ?

– Non, en réalité, non.

Cette réponse qui lui vint spontanément le fit bondir ! Pourquoi n'avait-il pas fait le lien plus tôt. Au lieu d'aller retrouver les Bwististes, il se rendit au poste où il avait incarcéré le « Blanc ».

- Inspecteur, nous n'avions pas eu le temps de vous le dire, mais… Des hommes sont venus et ont donné une rançon.

Les officiers de police se regardaient en baissant les yeux, attendant la réaction de leur chef.

- Et vous avez accepté l'argent… Maudits soyez vous !

– L'Etat nous paie si peu…

– La corruption au Cameroun, vous me faites honte, souffla Kindany, dépité.

– Chef, ce n'est pas de la corruption ! Il faut bien manger ! osa le plus téméraire de tous.

– Qui étaient ces hommes ?

– Je les ai tout de même photographiés.

Un jeune policier avança, montrant une série de clichés. Des hommes en noir, sombres lunettes, bracelets et bagues en or.

- Vous n'avez pas vu que vous avez tout simplement rendu un homme à sa bande : c'est la pègre ! Bande d'imbéciles !

Il regarda la plaque d'immatriculation du véhicule. Douala. La Mercedes.

Chapitre 23

- Pasteur, je l'avoue, j'en suis. Délivrez-moi. J'ignorais que c'était des assassins !

La femme tremblante, à genoux, suppliait le pasteur de l'accueillir dans son église.

- Si j'avais su, jamais je n'aurais participé. Je vous le jure au nom de Dieu.

– C'est bien, déjà vous retournez vers le Seigneur Jésus.

– Ils nous disaient que c'était pour nous guérir. C'est pour utiliser nos organes.

– Des agents du Diable, des démons. Ils ne sont pas responsables, c'est le malin qui agit à travers eux. Avez-vous l'argent ?

– Oui, en Dollars, voici tout l'héritage et les économies. Je vous en supplie, sortez-nous de cela. Je ne veux pas mourir ! Mes enfants doivent être protégés.

– Ils le seront, soyez confiante. Combien avez vous ?

– 800 Dollars.

– C'est bien. Nous allons procéder à votre délivrance.

Le pasteur regarda ses compères et fit un signe de la tête. Ils l'exécutèrent d'une balle dans la tête, avant de la brûler au fond du garage.

Lorsqu'ils revinrent, il les félicita.

-Bravo les gars, vous avez fait du beau travail. Même Kindany est tombé droit dans le piège et nous sommes débarrassés de ces traditionalistes. Enfin ! Avec l'annonce à la radio et à la télé, ils sont cuits. Tant de gens vont venir à nous. Déjà, un gars de Douala nous a rejoint. Il a tout avoué et a donné son héritage et celui de ses parents, des faux chrétiens, ces traîtres de Béti, d'Ewondo, qui ont donné leur âme aux catholiques, aux Bwitistes, à tous ces pécheurs ! Le nettoyage a bien fonctionné !

Corpulent et massif, le pasteur et sa large croix, se lécha les lèvres. La hyène suçait avec délice le sang de sa proie, candide chauve-souris perchée sur l'autel d'un sacrifice savamment orchestré.

Chapitre 24

La colline de Mvolyé, avec son église majestueuse était le fief chrétien de la ville. Missionnaires jésuites, Oblats de Marie Immaculée, Témoins de Jéhovah, Adventistes du Septième Jour et Pentecôtistes de la Mission du Plein Evangile se partageaient l'espace de cet archipel spirituel, semblant protégé par une odeur de sainteté, éloignée des quartiers plus bruyants, alcoolisés de Bastos ou d'Ekolo. Kindany s'y rendait parfois afin de se reposer et de retrouver la sérénité, peut-être aussi, il n'osait se l'avouer, de se rapprocher de Dieu, ressentir cette paix qui ne parvenait plus à retrouver.

Mélancolie et tristesse s'étaient emparé de lui, comme des chevaux sauvages, difficiles à dresser. Pour noyer son amertume, il observait le paysage, comme à son habitude. Les chemins parfois sinueux qui parcouraient les buttes vertes comme l'échine d'un animal, ici du moins, presque apprivoisé, lui évoquèrent… Un vieux souvenir. L'un de ses cousins moundang, revenu de ses études au Nigéria. En cachette de ses parents du village, il avouait que certains jeunes, trop pauvres pour tout payer, nourriture et loyer, charges de scolarité et fournitures dans ce géant de pays, étaient obligés d'emprunter des *chemins de traverse*. Il lui avait demandé avec quelque fausse candeur :

- Qu'est-ce jeune homme ?

A Kindany, les jeunes se confiaient. Il avait cette bienveillance naturelle, qui d'instinct, attirait la confiance, car on savait qu'il gardait, quand les choses n'étaient pas trop graves, pour lui les secrets. Cela était certainement dû au fait que bien que couvé par sa grand-mère, il n'appartenait pas complètement à sa population. Sa mère était une *nassara*, une « Blanche ». A raison, les gens imaginaient qu'il était un animal pas comme les autres, hybride, un lamantin ou un zèbre, un phacochère ou un ornithorynque du nord de l'Amérique. Mais pas un animal de groupe. Kindany avait quelque chose de si individuel qu'il représentait une sorte de contre autorité, de pouvoir presque inné, sans danger.

Des sandales de pèlerin, sur le chemin, en sens inverse et des pieds fins, blancs, avec de petites tâches de rousseur. Une *nassara,* justement. Kindany leva la tête et vit une religieuse, en jupe et chemisette bleue, portant une croix en bois autour du cou, élancée, fine, les cheveux recouverts par un voile, âgée. Elle avait fait tomber ses lunettes par terre et les recherchait désespérément, se penchant en avant.

- Ma sœur, puis-je vous aider ?

La religieuse se releva et le regarda avec circonspection.

- Merci, mon fils, je n'y vois plus grand chose et le soleil me brûle très rapidement. Mes yeux sont assez fragiles.

– Je connais cela.

Kindany ramassa les verres et les donna à la missionnaire qui le remercia en remettant vite ses doubles vitraux pour le dévisager avec attention.

- Que faites-vous jeune-homme, comme cela, à vous promener, le nez au vent ? La nuit tombe, c'est dangereux. La religieuse avait un léger accent américain.

- Ma sœur, ou ma mère, je ne sais quel est votre « grade » dans votre congrégation, vous causez drôlement, quelle est votre origine ?

– Oh, je suis américaine, catholique.

– Aux Etats-Unis, il y des catholiques ? Je croyais que tous étaient protestants.

– Non, pas tous. Mon père était Irlandais, de la Nouvelle-Orléans, en Louisiane pour être précise.

– Et vous vivez avec vos sœurs, là...

– Et oui ! Je suis une Spiritaine. Auparavant, j'étais à la mission de Kaélé, dans le Grand-Nord.

– Chez mes pairs, mon ethnie. Je suis Moundang.

– Oh, jeune homme, un métis, comme vous ? Moundang ? So, *Djon de ne* ?

– *Djon li ya.*

– *Ga no* ?

– *Awo, ga no ba.*

– *A pisaye ! Soko puli* !

– *Soko.*

– Je vois qu'effectivement, vous êtes bien moundang.

– Ma sœur, vous parlez bien notre langue, cela fait plaisir.

– Ma foi, cela fait longtemps que je la pratique, il faut bien pouvoir transmettre les Evangiles... et dans la langue du cru, grâce au Concile Vatican II, nous le pouvons désormais, même lors des messes. Mais vous, que faites vous, vous semblez un peu, comment dire... ? Perdu.

– Oh, je réfléchis ma sœur, je réfléchis... J'essaie de comprendre...   une   énigme.

125

Kindany relata les faits qui semblaient totalement ignorés par la religieuse, certainement trop occupée par ses activités pastorales.

- Hum, c'est répugnant. Avez-vous regardé du côté des os ou de la peau ?

– Des os ?

– Oui, il y avait-il des signes inscrits sur le corps, des tatouages par exemple, aux Etats-Unis, il est fréquent que les tueurs inscrivent des messages.

– Nous avons regardé le corps, les mains... Et la plante des pieds... Non, en fait, pas tout ! Je vous remercie ma sœur, je vous engagerais bien comme détective, mais vous avez sûrement d'autres affaires plus sérieuses !

– Oui, mon fils. J'ai bien des enfants à protéger dans mon orphelinat.

Kindany allait la remercier, quand il demanda :

- Au fait, Kakiang, de Kaélé, cela vous dit quelque chose ?

– Oui, le petit est parti à Douala. Il a appris l'Anglais à la mission. C'est l'un des miens. Il a beaucoup de talent.

– Merci ma sœur, pour ce que vous faites pour nous. Sœur ?

– Sœur Margaret. Pour vous servir. A bientôt, *Young Guy, and please, just be careful. I do think that this story is more complexe that you can imagine. Be vigilant.*

– *I will, Mother* Margaret, répondit Kindany dans la langue de Shakespeare.

– *Do you promise it ?*

– *I swear.*

– *So, God bless you, my child.*

Elle le bénit d'un signe de croix sur le front et le salua

en baissant avec humilité la tête avant de passer son chemin. Kindany eut l'impression qu'il avait fait un rêve et rencontré la Sainte Vierge en personne. Doucement, il se retourna, pour l'observer une dernière fois et savourer la présence de cette âme surréelle. Lorsqu'il tenta de regarder derrière lui, la religieuse avait disparu. Frustré, surpris, il scruta de tous côtés, fit demi tour, appela :

- *Sister Margaret ! Sister Margareeet !*

En vain. Eclipsée, comme un Ange.

- J'ai rêvé éveillé ? Ou quoi ?

Il fut déçu et surpris par ce sentiment fugace, mais tenace d'avoir été abandonné. *Raisonne-toi ! Kindany. Tu ne vas faire cela avec une pauvre religieuse qui tombe sur un flic en déroute. Mais quelle belle apparition, quelle rencontre !* Le cœur gonflé, les poumons brûlants, il se dit, plein d'espoir :

- Pourvu que je la revois un jour, seules les montagnes ne se croisent jamais, fit-il en songeant à l'expression que Maître Devereux avait coutume de proclamer, du haut de ses Monts Mandara. La course du soleil dessinait sa courbe, avant de plonger au sud-ouest. Le rite était inversé. Kindany comprenait qu'il avait commis, embrassant du regard les lueurs de la ville endormie, une grossière erreur. La lampe-tempête de son pays.

Chapitre 25

Les yeux éteints, le visage sans expression. Une transgression dans une architecture d'interdits. L'image des corps et celle de cette femme sans vie. Presque blanche sur ce cliché grisaille. Comme une ombre sur un paysage familial. Une famille, puis une autre. Qui s'impose : l'Eglise. Une sacrifiée, mais qui avait donné la vie. A qui ? Ce système allemand, catholique, empreint de puritanisme. L'étain qui ne s'oxyde jamais, voilà ce qu'était le secret de la pierre de jade. La mémoire à l'état pur. Un Erlkönig au Cameroun. L'Allemagne de Goethe et de Schiller, Ogre et Crusoé, adepte de divinités et de fureur, aux femmes si fortes et cette tâche noire de la culpabilité. L'Allemagne, puissante, la raison d'un Kant, de la maison, de la forêt, des nains et de la concentration. Au cœur de cet empire, de ce paroxysme, disait Steiner, c'est là que Socrate et le Christ avaient tous deux péri sur l'autel de la *bête*. L'Allemagne du basculement.

- Ton intuition, Kindany. La barbarie. Suis ton intuition, lui répétait sa voix, intime, lointaine... Le Cameroun. Ce pays colonisé par l'Allemagne avait-il influencé son attrait pour ce pays, ou existait-il *autre chose* ?

Isolé, il aurait voulu se retrouver dans une confrérie de détectives, partager ses points de vues, au moins un dialogue où la parole aurait pu circuler et libérer les cœurs, un temps. Mais là, seule la solitude, pesante, lourde à porter, comme sa... Sa tête lui fit de nouveau mal, derrière l'oreille gauche. Les pigments de sa peau s'échauffaient. Il se frotta, un moustique, sans doute. Il en écrasa un contre le mur de sa chambre, et vit la trace de l'insecte tombé au sol. Elle dessinait sur la peinture une arabesque pathétique, noircissant les murs fraîchement repeints. Une empreinte de vie à trépas, comme... les masques. Les gens portent des masques sur une scène, et ils apparaissent parfois, dans leur plus humaine quintessence. Une musique, dehors, dans le quartier, au cœur de sa nuit d'insomnie.

Il sortit, traversa la rue et se rendit sur une petite butte où un musicien enchantait les chats errants et, amis cette fois, des chiens aux oreilles écorcées, quelques clochards sur le bas de la rue, tous enveloppés par la mélopée. Il s'approcha, un flûtiste. Le joueur de Hamelin, une simple flûte traversière héritée de contrées inconnues.

- Je connais cet air-là... C'est... un film. En noir et blanc, des enfants qui jouent à tuer des oiseaux. La guerre et la cruauté des adultes.

Lentement, le musicien baissa sa flûte et le regarda :
- Je vous attendais.

– Qui êtes-vous, un personnage de songe, je suis en sommeil ?

– Je suis ce que tu n'écoutes pas le jour, je suis ta petite musique de nuit.

– Quel est ce gazouillis ? demanda Kindany avec la plus naturelle des attitudes, comme si la scène se

130

déroulait de jour.

– Tu n'écoutes pas Kindany…

– J'ai posé une question : quelle est cette musique ?

– Avec moi, tu ne peux être le flic… Tu ne peux que recevoir les notes que je te transmets.

Kindany se tue et il écouta de nouveau le musicien reprendre le deuxième couplet de la mélopée.

- Je l'ai entendu chez mon professeur… Oui, au Tchad, c'est de la guitare, celle qui ressemble au corps de femmes bien faites, aux hanches saillantes et à la taille fine.

– Oui.

Kindany se réveilla, les interdits. La violence de la guerre et la religion. Toutes les clés étaient là. Toutes, sauf, la plus importante. Celle qui donne la vie. Comment se pouvait-il que lui, jeune Tchadien il puisse rêver du flûtiste qui conduit les hommes à la rivière… comme des rats, trahis de ne pas avoir été écoutés et respectés. La mélopée transperçait son âme et il comprit qu'il avait été ce flic qui n'avait pas entendu le son de son cœur, mais celui de la foule. Lui, il avait conduit des innocents en prison, hués sur la place publique, trouvé de rapides bouc-émissaires, pratiques et disponibles.

Un haut le cœur. Le fantôme. Ce deuil impossible à transmettre aux ancêtres. Quelqu'un avait disparu… Et, le silence, comme la grille des vitrines de cabaret des rues à Yaoundé, s'était abattu. Comme pour lui. Lui, il avait opté pour la quête, la compréhension et la recherche, la revanche. L'autre, la vengeance. Et… Il continuait. Il en était sûr et certain. Un exil infini. Archétype de fuyard qui ne pourrait être délivré qu'en tuant. Il fut soudain figé, *gelehmt*. Une image juvénile, comme scotchée au temps lui

131

apparut, telle le personnage qui remplaçait l'ombre fantôme du puzzle familial.

Hagard, transpercé par la lumière de sa découverte, il traversa le pas de la porte pour se rendre à la prison. Massifs et musclés, quatre bras fermes l'agrippèrent :
- Nous y voici, Kindany.

Une poudre lui aveugla les yeux, il fut transporté dans un véhicule, à la plaque voilée. Une Allemande, du solide, comme les ponts et chaussées du sud du pays.

Chapitre 26

L'aube sonnait. L'appel de l'imam, sortant comme un effluve, en langue arabe, aux rythmes haussa de la Tijaniya. Ensuqué, Kindany se retrouvait enchaîné dans une cage, nulle part. La prison qui le retenait faisait à peine un mètre cube. A l'extérieur des barreaux, des ustensiles, machettes et autres outils agraires, des couteaux, des instruments étranges et des os sur le sol granuleux. Des lames, plusieurs révolvers, des... Parterre, des yeux, des crânes, des restes de corps. Il comprit que le pasteur n'avait pas fait semblant. Il les avait réellement sacrifiés. Des pas au-dessus, sur le plancher. Une porte s'ouvrit dans le plafond de la cave, des escaliers en bois, deux jambes qui descendaient.

- Ce cher Inspecteur ! Il en a mis du temps à comprendre. Comment avez-vous saisi ?

– Douala, le prêche de vos collègues. La diabolisation des traditions, des cultes et rites d'avant, ils détruisent tout.

Obalobi se tenait droit, hautain, les mains sur les hanches, devant les grilles d'une cavité détenant ce qu'il ne considérait plus que comme un vulgaire microbe à anéantir. D'un geste lent, le pasteur se retourna et laissa apparaître une ombre, sortie des limbes de la forêt. Elle était descendue, sans bruit, à sa suite.

- Vous semblez fatigué « grand » Inspecteur… Comme j'ai deux minutes de libre, je vais venir pour me dilater un peu auprès de vous, savourer vos derniers instants d'existence sur notre beau sol. Ensuite, vous rejoindrez vos ancêtres vers le Mayo-Kebbi, votre terre natale.

Lentement, avec circonspection, croyant à une illusion, Kindany leva les yeux et devint blanc comme la mort. Cette voix…

- Comment savez-vous cela ?

– Je sais tout de vous « Maître Kindany ».

– Comment cela ?

Le pasteur remonta les escaliers, ferma la trappe d'un coup sec, laissant l'ombre seule s'adresser au détenu.

- Vous ne m'avez jamais prêté attention, pas un regard, rien, jamais, alors que tous les hommes, toujours me suivent. Ne suis-je pas belle ? Vous, vous restez sans femme.

Kindany sentit un frisson lui parcourir l'échine. Il était impossible qu'il ne se soit pas trompé, il devait encore être dans le bras du Diable, au milieu de quelques cauchemars surréalistes.

- Je vous ai toujours soutenu, lors de nos enquêtes. Vous, pas une attention.

Kindany ne parvenait plus à parler, les mots restaient bloqués au milieu de sa gorge. Réussissant à peine à respirer, il suffoqua :

- Vous êtes là, parce que j'ai donné un coup de pouce à votre promotion. Vous seriez restée en poste à Bertoua sinon.

– Oh, Yaoundé, vous trouvez que c'est bien ? Moi, je

voulais être au Nigéria et j'y suis désormais, je peux voyager partout, grâce au Saint Esprit.

— Ma chère, vous êtes dérangée ! Revenez ! Vous n'êtes plus en vous !, hurla subitement Kindany.

— La transe, très cher Inspecteur, est d'une puissance que vous ne pouvez soupçonner.

— Vous avez perdu la raison. Imaginez la souffrance des ces pauvres gens. Pourquoi eux ?

— Ils n'ont pas souffert. Le voyage est indolore. Ils avaient pris l'Iboga lorsqu'ils sont restés dans leur vol astral et ont rejoint le *firmament* pour parler de manière poétique. Ma grand-mère me disait toujours que la vie est une sorte de cycle. Vous savez, chez nous les Béti, la mort n'existe pas. Il faut juste choisir.

— Choisir quoi ?

— Le bon chemin.

— Le chemin ?

— Oui, les chemins. Certains empruntent des chemins de traverse et vous êtes trop laxiste. Je l'ai puni à ma façon. Je pense qu'ils ont compris.

— Vous avez ?

— Oui, Jean…

— Mais ce sont vos frères, des Béti !

— Oui. Mais justement, à moi de les faire changer de voie. Ils étaient sur des chemins de traverse.

— Des chemins de traverse ?

— Oui, Jean avait volé au lieu de faire ses études, sa spécialité, les laptop et autres ordinateurs qu'on trouve en ville.

— Je vous supplie de vous essuyer le visage.

Isabelle portait une grande croix en or, massive,

imposante, sur une tenue blanche du Bwiti. Les cheveux défaits formaient un soleil noir derrière son crâne, son visage recouvert de kaolin lui donnant l'allure d'un fantôme entre nuit et jour, ying et yang, sagesse et démence.

- Pourquoi un telle violence Isabelle ?

A peine ces mots prononcés, la belle policière déguisée s'évanouit, tel un clown triste de cirque, un Pierrot de lune africain entre ciel et terre, son corps semblant flotter sur le sol.

- Isabelle ?

– Humm…

– Vous dormez ?

– Je ne sais pas ce que j'ai…

Kindany comprit qu'il avait déclenché la transe grâce à un « mot-grelot. » Une clé pour introduire l'esprit de l'initié entre éveil et sommeil, en hypnose. Il s'assit en tailleur, près de la grille, se plaça en parallèle du corps inerte, mais en inversant les « pôles », la tête vers les pieds de la jeune brigadière. Aucun bruit au-dessus de la cage. Où campaient les autres sbires ? Il tenta de garder son flegme légendaire de Moundang.

- Isabelle… Y'a-t-il d'autres proies ?

– Oui.

– Quelles sont-elles ?

– Humm…

Elle gardait le silence. Kindany réfléchit, osa :
- Pourquoi ?
Le corps ne dit mot. Telle n'était donc pas la clé.
- La violence entraîne la violence.
Le corps se mit à vibrer, effectuant une danse à l'horizontal.
- Pourquoi cette violence ?, questionna-t-il.

Faites attention aux femmes. Leur esprit est plus léger que celui des hommes. Il entendait de nouveau la mise en garde de son ami Ndofi.

- Elle semble être partie dans l'entre-monde. *Masin,* que faire, je dois me rappeler les quelques connaissances que j'ai pu acquérir... Isabelle, quelle est la prochaine victime ?

Isabelle se leva rapidement et effectua un pas de danse, les yeux révulsés en arrière, possédée. Elle explosa et hurla dans une langue indicible.

- Le Nganga ne souhaite pas te le dire, néophyte attardé, embryon qui recherche sa mère désespérément, tu ne sais pas la vérité, je suis ton pire cauchemar, je suis ton miroir.

Kindany, se projeta sur le mur de la cage, souhaitant ardemment que celle-ci s'agrandisse afin de pouvoir rejoindre le plus rapidement possible le bout de la Chine, le coin du monde le plus éloigné qui lui soit permis de retrouver.

- Tu ne peux t'échapper, ta prison c'est toi-même, et si tu veux fuir, ce n'est pas à l'horizontal qu'il te faut embrasser le réel, mais à la verticale. Pars !

Kindany comprit comme son petit manège de psychanalyste avait été bien vain et futile. Il s'en voulait, cette femme lui proférait des mots insensés. La verticale, une folle possédée par le Diable. Au village, on l'aurait initiée au *wo zwee sanné,* un rituel de femmes sages et initiées afin que l'esprit de la panthère, du buffle ou du lion ne la quitte...

- Je te dis de te rasseoir, rugit-elle.

Kindany se trouva malgré lui projeté sur le sol, avec une force surnaturelle. Cette femme était capable de tant d'énergie que ses mouvements provoquaient de petites rafales de vent. Sonné, il tentait de rester imperturbable face à la femme animale. Soudain, elle se calma, semblant se plier et ferma les yeux, postée face à lui.

- Tu ne devrais pas mépriser mes paroles, ver de terre des sables du pays de Tombalbaye. Sais-tu seulement où elle est, crois-tu vraiment qu'elle soit morte ? Moi, qui suis là, Nganga Boa, je peux te manger tout cru et psitt ! Tu la rejoindras !

Kindany sentit son sang ne faire qu'un tour.

- Tais-toi sorcière ! se mit-il à invectiver, ne se reconnaissant plus.

- Tu commences à sérieusement m'échauffer les nerfs. Tu vas me ficher le camp vite fait !

Malheur, il ne se contrôlait plus, lui le calme sahélien. Elle avait réussi à le mettre hors de lui.

- Fiches le camp ! Foutu Diable ! Au nom de Dieu !

Puis, avec une force qui lui était méconnue, il brisa la serrure de sa cage et sortit pour lui bondir dessus. Dans la pénombre, il ne pouvait voir que deux yeux totalement blancs, sans pupille, révulsés en arrière. Le corps d'Isabelle en lévitation, bavant et suant, se mit de côté, bondit, se cognant la tête sur le mur de tout venant, de la terre battue du sous sol, de cette cave improvisée. Un os sur le mur, des arêtes de poisson, des déchets, des racines et des écorces. Il tomba et rejoignit l'autre monde.

Lorsqu'il reprit connaissance, Kindany était dans une chambre blanche, toute de bois vêtue. Des esprits chantaient et son âme flottait au-dessus de lui. Il observait son corps allongé près du mur, à terre, l'âme détachée de cette enveloppe fragile. Il avait la capacité de voir à 360 degrés. Un pantin dansant au-dessus du corps, ayant pris une harpe. La cithare. Une courbe dessinait un tunnel violacé et

138

il sentit son esprit s'envoler dans une nébuleuse mystérieuse, des astres, des étoiles, et des planètes. Il s'approcha de Jupiter et tourna par deux fois autour de l'astre, « en esprit » ou en rêve, il ne savait plus, tout était si réel, si précis. La couleur et la grandeur des astres parmi lesquels il se promenait et puis surtout, la terre, son continent, l'Afrique. Il se vit jeune, puis adolescent, enfant et enfin nourrisson. Pendant son voyage, des sons lui parvinrent. Le spectre d'Isabelle s'était comme éteint. Elle parlait dans son sommeil.

- Non, s'il vous plaît ! Pas cela ! Noooon ! Vous les catholiques, vous êtes le Diable, le Saint Esprit et le Bwiti sont désormais en moi, vous ne pouvez rien contre moi.

Kindany, suant et épuisé par sa transe, ayant réincorporé son enveloppe charnelle lui dit doucement :

- Isabelle, mon enfant, qui est le Diable ?

– Vous ! Vous le Catholique.

– Je ne suis pas catholique. Ma mère était une protestante, une Baptiste sans doute, américaine et mon père est de religion moundang, il a toujours refusé d'aller à l'église, zah Père...

– Vous les aidez, tous... Notre pays est envahi par les musulmans et ces catholiques.

– Mais pourquoi vous en prendre à eux ?

– Le Diable, Kindany, le Diable.

– Ils le combattent, ils font le bien, développent ici et là, c'est absurde.

– Les barbes blanches... Vous ignorez ce qu'ils ont fait à ma mère.

– Pardon ?

– Ils l'ont tuée.

Isabelle sombra dans un profond mutisme.

Kindany se souvint de Languérand, du Mofu, Maître Devereux, des paroles de Mossonkou et des rêves de Mbil, de ses horribles prémonitions. Les hommes blancs. Une femme souillée, enceinte, avortant, clandestinement. Le Sixa. Une école de jeunes femmes destinées à devenir de bonnes épouses catholiques, arrachées à la polygamie. Il se retrouva de nouveau projeté dans la sphère, des masques en brousse le mangeaient. Un homme plus noir que l'ébène, au pied d'un rônier, près des eaux, une calebasse sur la tête, mort de chagrin, attendant que la porte du *Zah Jolle,* le paradis moundang, ne s'ouvre, la colère des *Zah-Sahe*, des anciens, une blanche qui le déposait au pied de l'entrée du bois sacré, avec ces mots :

- J'y suis allée, fils. Je n'avais pas le droit, je suis femme. *Ga-Yang*, non initiée. J'ai découvert les endroits, les jarres…

La silhouette sibylline s'estompait laissant la place à de multiples fantômes d'ancêtres l'agrippant. Les mânes lui caressaient les cheveux, puis la peau. Un autre au teint blafard, sur une croix, cloué, décharné, os et nervures à ciel ouvert, transpirant du sang, une couronne d'épines sur le crâne, lui proféra des paroles emplies de mystère :

- *Pardonne-leur*, Kindany, *ils ne savaient pas ce qui faisaient.*

Enfin, une substance, de l'eau, ses doigts de nourrisson qui pouvaient effleurer les parois d'un ventre dans une sensation de bien-être indicible.

Lorsqu'il revint à lui, les mouvements de ses bras créaient des auréoles phosphorescentes. Le brigadier en chef, Isaac, Atangana, Pah-Yanné et Kakiang étaient là. Ils avaient menotté et attaché Isabelle et le pasteur. Même

140

Languérand s'était joint à eux.

- Cher Inspecteur, vous allez devoir vous expliquer avec Ndofi et vite libérer Mongo et Mbil, dit le vieil ethnologue... Quand je vous disais que Nollywood c'était votre vie à vous autres Africains !

– Mes amis, déclara Kindany, comme un tout petit, vous n'imaginez pas... Je ne me suis jamais senti aussi vivant et heureux de toute mon existence !

– Ma foi, dit le Professeur Atangana, vous pourrez partager votre expérience avec Maître Ndofi, Mbil et le jeune Mongo.

– Pourquoi ?

– Oh, vous m'avez tout l'air d'avoir été pris par... le *bois* !

Epilogue

Isaac, Mbil et Kindany allèrent vagabonder sur quelques buttes vertes argentées et contemplèrent la ville, enfin pacifiée.

- Vraiment, quelle puissance pour une femme… Que s'est-il passé ? En prison, elle s'est éteinte à jamais et nous n'avons rien pu faire pour extraire le poison quelle s'était administrée, dit Isaac tristement.

– Paix à son âme, ami mousgoum, elle avait pris un chemin de traverse.

Kindany contempla la voute céleste, la Grande Ourse et… La lune, revigorée.

- *Fing* ! Cela fait donc un mois.

Pleine et ardente, lumineuse comme jamais, la sage-femme de l'univers montrait son visage et offrait ses ombres. La douceur d'une mère berçant son enfant. Tandis que Mbil ramassait quelques minerais, brillants de mille feux, Kindany eut la fugitive impression que l'astre le fixait et l'observait avec intensité, lui murmurant en dansant légèrement, tel un masque *mundéré*, un masque femme, du village de Doué :

- Kindany, un jour, tu devineras. C'est pour cela que tu es né.

Tapant sur l'épaule de ses amis, il leur dit :

- Vous avez entendu ?

– Quoi ?

– La lune !

Mbil et Isaac se regardèrent, sourire en coin.

- Et bien, bonjour les effets de l'Iboga ! Les hallucinations continuent !

Ils le prirent par la main, l'entourant de leur affection.

- Inspecteur, venez, vous êtes épuisé.

Kindany se frotta la tête, puis, doucement se laissa porter par ses amis, endormi comme un nouveau-né.

Printed in Great Britain
by Amazon

53050534R00084